Die Weihnachtsgans

und andere Wintergeschichten

Oskar Maria Graf

Die Weihnachtsgans

und andere Wintergeschichten

Herausgegeben von
Ingrid Simson

List

List ist ein Verlag der Ullstein Buchverlage GmbH

ISBN 3-471-79492-1

Printed in Germany
Gesetzt aus der Horley Old Style bei Leingärtner, Nabburg
Druck und Bindung: GGP Media GmbH, Pößneck

INHALT

Die Weihnachtsgans

Eine wahre Geschichte

Am Weihnachtssonntag gegen Viertel nach zehn Uhr in der Frühe ereignete sich in einem Gäßchen der Altstadt ein schier unglaublicher Vorfall: Leute, die vom Hochamt heimgingen und an dem Hause Nummer 18 vorüberkamen, glotzten urplötzlich in die Höhe, riefen jäh ein abgehacktes »Oho! Oho!«, blieben starr stehen, glotzten wiederum wortlos in die Höhe und bildeten im nächsten Augenblick einen heftig gestikulierenden Ring empörter Zeitgenossen.

»Also da hört sich doch schon alles auf! Also dadas ist –«, plärrte der Metzgermeister Heinnagl mit seiner krachenden Stimme, wurde aber von den keifenden Weibern überschrien. Der Lärm wurde immer ärger. Aus den Fenstern, rechts und links, reckten sich die Köpfe. Endlich kam ein Schutzmann im Eilschritt daher. Der Ring auf dem Pflaster zerteilte sich.

Was war eigentlich geschehen? Kurz gesagt das: Jemand aus dem Hause Nummer 18 hatte eine wunderbar gerupfte, bratenfertige Gans aus dem Fenster geschmissen. Die lag jetzt, aufgeplatzt und leicht ramponiert, auf dem Pflaster.

Eine Gans notabene, die, wie der Schutzmann in schneller Prüfung feststellte, absolut frisch, wunderbar zart und zum Anbeißen appetitlich war!

Eine solche Kostbarkeit zu so einer Zeit wie der heutigen, wo Tausende elendiglich hungern müssen – die hatte jemand, ganz frech, direkt aufreizend, auf die Gasse –

Der Schutzmann packte kurzerhand die nackte Gans an den zusammengebundenen Schenkeln und trat martialisch in das Haus Nummer 18. An jeder Tür das gleiche: »Ist die Gans von Ihnen? Haben Sie? –«, fragte der Schutzmann. Die Leute hinter ihm schauten mit Fangaugen und wahren Lynchgelüsten auf die in der Tür Auftauchenden.

»Wir? Ausgeschlossen! Nein!« war die jedesmalige Antwort, und alsdann flog die Tür zu und das grollende Schimpfen stieg höher. Parterre konnte es nicht gewesen sein, im ersten Stock, beim Steuerschreiber Wengerl, gab es ausnahmsweise Schweinsbraten, im zweiten Stock, beim Zigarrenhändler Aubichler, roch man schon von weitem das Kraut, im dritten Stock? –

»Wohnt denn da überhaupts noch wer droben?«, fragte der Schutzmann und schaute an den muffigen, dunklen, rissigen Wänden hoch.

»Jaja, wohnen schon, aber von dem wirds sicher nicht sein … Der is ja schon drei Jahr arbeitslos«, gab der Aubichler Auskunft. Schon wollte der Schutzmann unverrichteter Dinge gehen, gab sich aber plötzlich doch einen Ruck und stieg ganz hinauf zum verwahrlosten Speicherbereich. Rechts eine Tür, drauf eine bedruckte Pappendeckeltafel: »Betreten des Speichers mit offenem Licht verboten!« Und links eine. Kein Klingelknopf, kein Schild mit dem Namen des Inwohners.

Etwas benommen standen die rebellischen Menschen auf der Stiege. Der Wachtmeister klopfte einmal, klopfte zweimal, klopfte zum drittenmal und sagte bassig, beamtenhaft barsch: »Aufmachen, Polizei!« In der Tür erschien ein völlig verschlampter, zaundürrer Mensch mit verhedderten Bartstoppeln, hohlen, finsteren Augen und einem Gesicht wie abgenagt.

»Gehört vielleicht Ihnen die Gans? Haben Sie –«, fragte der Wachtmeister bedeutend unsicherer und hielt die nackte Gans hin. Die hinter ihm Stehenden hielten glatt den Atem an, denn der Mann gab ohne Umschweife zu. »Ja, ich hab die Gans nuntergschmissn«, sagte er und bekräftigte noch einmal: »Jawohl, ich!« Sekundenlang blieb es stockstumm.

»Sie? ... Was, Sie?«, faßte sich der Wachtmeister als erster und bekam sofort eine steinerne Amtsmiene: »Was ist denn das für ein Unfug!« Er trat durch die Tür, und die Leute drängten nach. Zuerst kam ein dunkler, ganz schmaler, muffiger Gang. Der Wachtmeister riß eine Tür auf, und es wurde heller. Da war eine kalte, leere Mansarde mit schrägen Wänden und einem dickgefrorenen Fenster, durch welches nur ein spärliches Licht fiel. Auf der einen Seite stand eine durchgesackte Metallbettstelle, drauf lag ein undefinierbarer Berg von Lumpen. Neben dem Bett stand ein einziger Stuhl, auf dem sich ein dreckiger, voller Aschenbecher mit einer ausgerauchten Pfeife befand. Auf der anderen Seite des Raumes war ein zersprungener, niederer, runder eiserner Ofen, sonst gar nichts. Verkohlte

Zeitungspapierfetzen, Tabakasche und abgebrannte Streichhölzer lagen auf dem Boden herum. Eine schmale Tür stand offen. Durch sie sah man in ein finsteres Loch, aus dem ein gleichmäßiges Wassertropfen drang.

»Wenn der Herr Wachtmeister sich vielleicht überzeugen wollen ... Ich mein, wegn dem Tatbestand ... Da drin, das ist meine Kuchl«, deutete der Mann auf die dunkle Tür. Noch spöttischer setzte er dazu: »Ist ja weiter nicht interessant ... Gas abgsperrt, das Elektrische abgsperrt, aber das Wasser lauft noch ... Ich hab leider kein Zündhölzl, aber bitte, Herr Wachtmeister, wenn Sie eins haben ... Bitte ...« Seine ironische Sicherheit und die unerwartet trostlose Umgebung machten den Wachtmeister und die Leute, die gefolgt waren, verlegen. Der Metzgermeister Heinnagl zündete ein Streichholz an. Alle reckten die Köpfe in das Loch von einer Kuchl. Gar nichts war drinnen als ein Ausguß mit einem tropfenden Wasserhahn, auf dem Boden ein verrosteter Spiritusapparat und eine aufgerissene Schachtel mit fettigem Papier. Ein schrecklicher Gestank nach Moder und Pisse herrschte in dem Loch.

»Hm, pfui Teufel!« brummte der Heinnagl. Das abgebrannte Zündholz fiel ihm aus der Hand und verglomm auf dem Boden. Wieder stockte es.

»Woher haben Sie denn die Gans?« wandte sich der Wachtmeister an den Inwohner, und der Mann verzog hämisch den Mund.

»Wo ich die her hab? ... Ja, ich bin dazugekommen wie die Jungfer zum Kind, Herr Wachtmeister ... Ganz unverhofft, sozusagen ... Weitschichtige Verwandte haben mir was Gutes antun wollen … Vom Land draußn … Grad vor einer Stund hat die Post das Packerl bracht …« – »Hm, thm … Recht seltsam, sowas«, murmelten etliche. »Jaja, seltsam, nicht wahr? … Komisch?«, wandte sich der Mann frech an die Leute: »Und was sollt ich jetzt eigentlich mit dem Viech machen? … Mit jedem im Haus hab ich Feindschaft, der Hauswirt selber möcht mich schon seit einem Vierteljahr rausschmeißen … Braten kann ich die Gans auch nicht, Holz hab ich keins, das Gas ist abgesperrt, und –«

»Aber da wirft man doch nicht die wertvolle Gans beim Fenster nunter! Das ist doch einfach aufreizend«, fiel ihm der Wachtmeister ins Wort und kam in ein gutmütigeres Poltern: »So was tut man doch nicht! Außerdem –« Er schien auf einen Gedanken gekommen zu sein: »Die Gans könnten Sie doch schließlich verkaufen oder sich wo braten lassen …«

»Verkaufen? … Hm, wem denn am zweiten Weihnachtssonntag? Jeder hat sich eingedeckt und – und ich hab keine Bekannten –«, meinte der Mensch mit dem Stoppelbart, aber schon sah er, wie etliche die Gans mit Kennerblicken musterten, wie die Augen rundum interessierter wurden. Der Wachtmeister erfaßte ebenso schnell die Situation und wandte sich an die Umstehenden: »Will vielleicht jemand von den Herrschaften die Gans?«

»Billig!«, setzte der Besitzer dazu.

Schnüffelnd musterten die Leute die Beute. Ein wenig zögernd drängten sie sich heran, alsdann aber betappten sie die nackte, kalte Gans von allen Seiten.

»Ein fetts Bröckerl ... Was solls denn kostn?« fand der Metzgermeister Heinnagl als erster das Wort. Er schob seine Hand unter die Gans und wog sie fachmännisch. »Fünf Mark meinetwegen«, sagte der Besitzer.

»Ich geb sechs ... sechs sofort!« mischte sich eine aufgedonnerte Frau ein. Durch das lange Verweilen der Leute angelockt, waren die Inwohner des Hauses in die Mansarde gekommen.

»Ich zahl sieben ... Da, mein letzts Wort!« rief der Zigarrenhändler Aubichler, und auf einmal wurde das Überbieten hurtiger.

»Acht, acht! Sofort!« bot der Heinnagl. Der Aubichler wurde herzhafter und trat vor: »Herr Reger, ich will Ihnen was sagen ... Mir sind doch Nachbarn ... Sieben Mark fufzig, und für Sie soll auch was abfallen ...« Er schnitt ein ungewohnt mildtätiges Gesicht. »Neun Mark, und mir muaß ghörn!«, überschrie der Metzgermeister Heinnagl alle. »Dös is weit überzahlt, aber ich will mich net lumpn lassn ... Sie solln sich auch an guatn Tag machn könna, Herr ... Sechs Pfund wiegt die ganze Gans!«, redete er weiter.

»Sechs? ... Nana, dö hot guat ihrerne siebn, acht Pfund!« berichtigte die aufgedonnerte Frau und wurde ebenfalls freundlich: »Herr, wenn S wolln ... Ich zahl Ihna siebn Mark, und mitessen könna S auch ...«

»Zehn Mark, Herrgott! Daß a Ruah is! Da! Mir muaß ghörn, dö Gans ... Da, Herr Nachbar, da!« streckte der Metzgermeister alle übertrumpfend den Zehnmarkschein hin und griff nach der Gans. Der Wachtmeister mußte dünn lachen. Der Mansardenbewohner Reger sah auf den Geldschein und nickte.

»Da könna S Eahna einen guatn Tog macha, Herr Nachbar ... Ich bin net aso! Für an armer Menschn hob ich oiweil a guats Herz ghabt!« Mit diesen Worten schob der Metzgermeister die nackte Gans unter seinen Arm.

»Na, also ... Sehn S, es is ja alles gut gegangen«, schloß der Wachtmeister. Er wandte sich zum Gehen. Die Leute folgten.

»Dö wiegt gut seine zwölf Pfund«, konnte sich der Zigarrenhändler Aubichler nicht enthalten zu sagen. Aber das hörte niemand mehr. Die Tür flog zu, über die knarrenden Treppen tappten die ehemals so empörten Leute. Der Arbeitslose Reger tat sich auch wirklich einen guten Tag an und schrieb am andern Tag an seine mildtätigen Verwandten auf dem Land den wahrheitsgetreuen Sachverhalt. Die Spender der Gans, die Oberapothekerseheleute Querlinger in Aglfing, waren trotzdem empört.

»Da hast es wieder mit deiner Mildtätigkeit ... Lauter Lumpen, diese Burschen ... Was zessn wollns gar net, bloß Geld!« grantelte der Oberapotheker seine Frau an. Sie schworen sich, nicht mehr auf die rührsamen Reden über die Winterhilfe, die das Radio jeden Tag daherschmetterte, zu hören.

Der Metzgermeister Hainnagl hingegen wog die Gans sofort daheim. Fast dreizehn Pfund war sie schwer. Er pfiff fast lüstern durch die Zähne. Und als er später das Prachtstück wohlig verzehrte – am trauten Familientisch – brach wirklich sein Herz durch.

»Herrgott, eine Not ist das, Zenzl! Eine solcherne Not... Man macht sich gar keinen Begriff net«, beteuerte er. Seine Augen verschwammen dabei, er hielt mit beiden Händen den fetten Gansschenkel, rechts und links aus seinen Mundwinkeln rann der köstliche Saft.

Der Dezember

Von all den kurzen einunddreissig Tagen,
die der Dezember in das Schneewehn schickt,
ist jeder voll von uralt dunklen Sagen,
von vielen Wintern in das Jahr gefügt.

Er aber liebt nicht diese Dunkelheiten
und mag nicht gern, dass man sein Sinnen stört,
denn er entstammt noch heidnisch klaren Zeiten,
von denen man nur manchmal vage hört.

Was gilt ihm Weihnacht und das fromme
Streben,
das Menschensinn in seine Fröste trägt?
Ihm hat die Zeit das Schwerste aufgegeben,
seit sie sich nach Kalendern fortbewegt.

Sie gab ihm die Verpflichtung beim Beginnen,
da Stund' und Stunde sich im Schnee verliert,
der nüchtern schweren Frage nachzusinnen:
»Wie hat das Jahr die Monate regiert?«

Der gute Mond sieht ihn als Riesenschatten
im hohen Sterngewölb der bleichen Nacht

aus Wäldern greifen in die weissen Matten,
gestaltlos, wie aus einem Traum erdacht.

Aus seinem Dunkel tastet er ins Helle
und sucht nach Antwort, Tat und sicherm Grund
und findet nur sich selbst auf jeder Stelle
als leeren Schnee im eisig kahlen Rund.

Da graut ihm vor den glitzernd stummen Weiten,
denn wem ist je so Schreckliches geschehn?
Und unterm Jubel beim Sylvesterläuten
kann er nur noch als Nichts im Nichts vergehn.

Ein Wintertag auf dem Land

Für einen beschäftigungslosen Stadtmenschen kann ein Winter auf dem Lande, in einem weltabgelegenen Bauerndorf, zum gelinden Martyrium werden. Zuerst freilich sieht man den fallenden Flocken von der warmen Stube aus behaglich zu. Auf die angelaufenen Fensterscheiben verirren sich hin und wieder vereinzelte Eiskristalle und zergehen hauchzart. Als blinkende Wassertropfen rinnen sie abwärts und hinterlassen eine strichdünne Spur, um dann im rissigen Holzrahmen zu versickern. Zuletzt ist die ganze trübe Fensterscheibe durchrillt. Draußen haben die Gartenpfähle kleine Hauben bekommen, in den braunen, leeren Hecken verhemmt sich das Geflock, auf die kahl ausgreifenden Baumäste legen sich riesige, dicke weiße Raupen, und die dunklen Hausdächer sehen nach etlichen Stunden aus, als habe sich bauschige, fleckenlose Watte über sie gebreitet. Fast feierlich deckt der stumme Schnee die schmutzigen, trostlosen Flächen zu. Weit und weiß dehnen sie sich aus, und nur da und dort stellt sich ein dunkler, regloser Wald in den Weg.

Alles Laute ist verweht. Geräusch und Menschenlärm hören sich an, als kämen sie aus einer vielfachen Vermummung. Die Nacht fällt schnell und unerwartet wie ein stumpfer schwarzer Vorhang herab. Noch um acht Uhr früh denkt der Erwachende: »Ach, es ist ja noch stockdunkel« und dreht sich wohlig im warmen Bett um. Ein zähflüssiger Dämmer vermischt sich allmählich mit der Schwärze, und fröstelnd hellt sich der farblose Tag auf. Die Fensterscheiben sind auch gefroren und undurchsichtig. Erst nach und nach tauen sie auf. Die Menschen scheinen sich fürs erste ganz in ihre vier Wände verkrochen zu haben. Ihre Häuser stehen wie erstarrt da. Alles an ihnen ist zu: Tor und Tür und Fenster und Luke. Nur aus den Kaminen steigt dünn der Rauch. Außer den hungrigen Spatzen, die frierend um Brosamen betteln, rührt sich lange nichts. Ein Rudel Kinder trippelt einmal vorüber, um zur Schule zu gehen. Der Krämer kehrt vor seiner Ladentür den Schnee weg, ein altes Weib hatscht daher mit dem Einholkörbchen am Arm, ein Hund bellt auf, und Männer mit Holzacken über den Schultern stapfen waldwärts. Später sieht man diesen und jenen Nachbarn den Schnee wegkehren, gemächlich fährt irgendein Bauer auf dem Schleipfschlitten Mist aus, reißt am Leitseil und schreit auf die Pferde oder auf den Ochsen ein, die davor gespannt sind. Nach einer guten Weile gleitet das leere Fuhrwerk vorüber, und wieder nach einer Weile ein volles. Der Ochs davor hat den Rücken leicht gewölbt und läßt seinen ausdruckslosen Kopf tief nach unten hängen. Unentwegt macht er den gleichen, langsamen Schritt, und schwer schnaubt er dabei. Die Rosse hingegen biegen ihre Rücken bei jedem Zug, ihre prallen Bäuche dampfen vor

Schweiß, und sie prusten, daß es wie feiner Rauch aus ihren geblähten Nüstern steigt. Vielleicht daß einmal ein fremder, schwerbepackter Hausierer vorbeigeht, daß eine Magd die störrische Kuh zum Stier treibt oder ein armes Weib einen Handschlitten mit dürrem Reisigholz vorüberschiebt. Es ist schon dämmerig, wenn die munter lärmenden Schulkinder heimkommen. Sie hüpfen auf der Dorfstraße herum und bewerfen sich mit Schneeballen. Man muß auch schon Licht machen. Der Mesner geht ins Kirchlein hinüber und läutet die Nacht ein.

Das ist der ganze Tag gewesen ...

Und so ist's heute, morgen, übermorgen, in einer Woche, in einem Monat, so kriechen der halbe November, der Dezember, Januar, Februar und meist noch der März dahin.

Der Hund

Unser kalbgroßer brauner Bernhardinerhund, der ›Nero‹, war sehr faul, fast schon zu faul zum Fressen, und gebellt hat er kaum einmal; er war grundgut, und man hat machen können, was man wollte, er hat dabei höchstens etliche Male gegraunzt. Die größten Schindereien von uns Buben hat er ertragen, es ist, scheint es, nichts durch sein dickes Fell auf seine Haut gedrungen.

Ich habe einmal an einem schulfreien Mittwoch im Winter nach Starnberg hinüber müssen, weil man den Maurus und den Lenz daheim für die Weihnachtsbäckereien gebraucht hat. Um damit, daß ich schneller und kurzweiliger vorwärts gekommen bin, habe ich den Nero vor meinen Schlitten gespannt, bin eine Zeitlang neben ihm hergelaufen und habe mich alsdann geschwind auf den Schlitten gehockt. Nicht um alles in der Welt hat mich der stinkfaule Hund gezogen, mein Schmeicheln und mein Schlagen hat nichts geholfen, er ist einfach bockig im Schnee stehengeblieben. Im Kempfenhauser Holz drinnen habe ich mir eine lange Rute geschnitten, und wie ich in Starnberg beim Tresch die Schachtel mit Marco-Polo-Tee und das kleine

Kistl mit Andreas-Hofers-Feigenkaffee geholt gehabt habe und fertig war, bin ich auf eine feine Idee gekommen. Ich habe beim Roßmetzger Guggl ein paar Roßwürste gekauft und dieselben ganz vorne an der Spitze meiner Rute angebunden, dann bin ich auf den Schlitten gesessen und habe die Rute mit der Lockspeise über den Rücken und den Kopf vom Nero, ungefähr zwei oder drei Hände breit, vor seine Schnauze gehalten. Weißt, wie der gleich zu rennen angefangen hat! Grad schön war es. Eins, zwei, drei sind wir aus Starnberg draußen gewesen, und wie der Wind, über Stock und Stein, ist der Nero, weil ich meine angebundenen Würste bald näher, dann wieder weiter vor seine Schnauze gehalten habe, dahingesaust. »Such's, Nero! Faß's, Nero!«, habe ich ihn in einem fort aufgemuntert. Er hat gekeucht, hie und da aufgebellt und immer wieder zum Sprung angesetzt und ist den vor ihm schlenkernden Würsten nachgerast wie der reinste Renngaul. »Soso, brav, brav, Nero! Such's! Such's!« lobe ich ihn und freue mich unbändig. Durch Percha sind wir wie der Blitz und aufs freiere Feld gekommen, immer wieder ist der Nero nach vorn gestoßen, hat gebrüllt vor lauter Gierigkeit, fest hab ich meine Schachtel und das Kistl halten müssen, hin und her ist der Schlitten geflogen, gesaust ist der Hund, daß der Schnee grad so aufgestaubt ist, er saust und saust, und – krach – auf einmal reißt ein Zugstrick, und – krach – es wirft mich samt Schachtel und Kistl mit einem Riesenschwung in den Schnee, weg ist der Schlitten unter mir und weg der Nero samt meinen Würsten. Wie ich mich aufgerichtet habe, hat mein Kopf gebrummt, die Rippen haben mir weh getan, den Hund hab ich nicht mehr gesehen. Elendiglich bin ich schließlich mit dem Kistl und der Schachtel dahingehumpelt und im Kempfenhauser Holz auf den kaputten Schlitten gestoßen. Daheim ist der Nero, immer noch mit den Stricken um Brust, Rücken und Bauch, lechzend vor seiner Hütte gelegen. Daß ich ihm eine Faust hingemacht habe, hat ihn gar nicht geniert, aber wie ich ihm meine zwei anderen Roßwürste, die ich noch gekauft gehabt habe, hingehalten habe, wollte er gleich wieder freundlich auf mich her. Ich habe ihm aber bloß einen Renner gegeben und bin ins Haus. Für die Würste habe ich am andern Tag vom Pfisterer-Hans von Farchach in der Schule einen Kapselrevolver eingetäuschelt, und der Hans hat mir auch noch die Kapseln dazugegeben. –

Die Zwillinge

Damals, in der grauen Vorzeit von vor dem Ersten Weltkrieg anno 14/18, da war unser schönes Gebirge, der Bayerische Wald um Passau und Zwiesel herum, noch unentdeckt. Winzige Ortschaften und Einöden hat es dort noch gegeben, die sind noch nicht einmal auf unseren Landkarten verzeichnet gewesen. Und die Leute dort – undenkbar weit von der Welt weg! Jäger, Holzarbeiter, Kohlenbrenner und kleine, notige Gebirgsbauern, und wenn einer eine Sägmühle gehabt hat, bei dem Burschen aus der Umgegend gearbeitet haben, alsdann ist er schon zu den ganz Reichen gezählt worden. Mit einem Wort, diesen dichtwaldigen, verschlafenen Mittelgebirgslandstrich hat erst unsere hochlöbliche Bundesrepublik nach dem Zweiten Weltkrieg erschlossen und unser amtlicher Bayerischer Fremdenverkehrsverein läßt es sich seither angelegen sein, ihn zum idealen Ferienparadies für besonders ruhebedürftige Herrschaften wie zum Beispiel Bundespräsidenten und Minister zu machen. Neue Bahnlinien sind gezogen, breite Autostraßen gebaut worden, mit den großen Überlandbussen kommt man fast überall hin, weil ja aus den kleinen Dörfern inzwischen ganz ansehnliche Flecken geworden sind. Eins bloß ist sich im Bayerischen Wald wie seit Ewigkeiten her gleichgeblieben: Nirgends gibt es im Winter so einen so dichten, tagelang anhaltenden Schneefall.

Da ist alsdann kaum noch ein Durchkommen, wenn das auch jetzt in unserer mechanisierten, motorisierten Zeit mit den riesigen Schneepflügen behoben werden kann, früherszeiten haben die weitverstreuten Einödhöfe und winzigen Dörfer einfach warten müssen, bis es wärmer geworden und der Schnee halbwegs weggeschmolzen ist.

Also damit ich nicht lang rumred, beim Schmauß, ganz weit im Gebirg drinnen, hat es dazumal mitten im tiefsten Winter Zwillinge gegeben. Haushoher Schnee war rundherum, ans Taufen drunten im Pfarrdorf Mingersberg war nicht zu denken. Da haben die Eheleut Zeit gehabt, drüber zu streiten, was die Zwillinge – zum Leidwesen vom Schmauß sinds zwei Madln gewesen – für Namen kriegen wollen.

»I sog, mir hoaßn's Marie und Zenzl«, hat die Schmaußin drauf bestehen wollen, aber der Schmauß hat gesagt: »Ah, Marie und Zenzl? ... Fallt dir denn gor nix Schöneres ei ...! So hoaßt doch jeds zwoate Kind rundum.«

»Marie hot mei Muatta selig ghoaßn und Zenzl dö deinige«, bockt die Schmaußin.

»Ja, aba du hoaßt Amalie und mei Schwesta hoaßt Liesl!« sagt auf das hin der Schmauß, aber wie es endlich soweit gewesen ist, daß man sich auf den Weg ins Pfarrdorf hinunter machen hat können, da sind die zwei doch einig gewesen, daß sie mit Amalie und Liesl getauft werden sollten. Ein warmer Wind hat geweht und über die Sonne immer wieder Wolken geblasen, es hat mitunter trüb wie nach Neuschneefall ausgeschaut, aber, sagt er, der Schmauß, er glaubt eher an einen Regen, der wo den alten Schnee hübsch wegputzt. Und, sagt er resolut: »Du, Amalie, mit deine offnen Kindsfüaß, du bleibst mir dahoam … Dö Sach mit der Tauf mach scho i. Dös richt i scho mit der Wenwieserin, dö wo üns versprocha hot, daß sie dö Taufpatin macht … Bleib du nur schön warm dahoam bei dem naßn Matschwetta …« Seine Bäurin hat nicht mehr weiter dagegen geredet, und sie haben die Zwillinge schön warm eingewickelt, der Schmauß hat sie in seinen großen Rucksack gepackt, hinten beim Schlitz gut Luft gelassen und ist also talwärts gegangen. Hin und wieder, wenn der Wind arg hergeblasen hat, haben die Zwillinge schon ein bissl gewimmert, aber nach und nach sind sie ganz still geworden, wahrscheinlich sind sie eingeschlafen.

Die Wenwieserin hat gleich ja gesagt und sich zur Taufe feiertäglich angezogen, aber wie sie und der Schmauß ins Pfarrhaus gekommen sind, hat die Köchin gesagt, der Schuster Neuchl liegt schon über eine Woch zwischen Leben und Tod und da ist der Hochwürdige Herr hinaus zu ihm, um ihm die Sterbsakramente zu geben, gutding eine Stund wirds schon hergehn, bis er wieder zurückkommt. Wenn sie auch beim Wenwieser mitten im Ausdreschen gewesen sind, die Bäuerin hat zum Schmauß doch gesagt, er soll mitgehn, sie macht ihm einen warmen Kaffee, und wenn er vielleicht ein Bier will, das kann er auch haben, aber der Schmauß hat gesagt, er will sie nicht aufhalten bei der Arbeit, er geht derweil zum Fuchsenwirt hinüber, und wenns soweit ist, holt er sie schon zur Tauf.

»No, is aa guat ... Wiast moanst«, hat die Wenwieserin gesagt, ist heim und er zum Fuchsenwirt. Da hat er seine Zwillinge schön stad neben dem bacherlwarmen Kachelofen in der Wirtsstube gestellt, hat sich von der Kellnerin ein Züngerl mit Knödel geben lassen und eine Maß Bier dazu bestellt. Er ganz allein ist Gast gewesen, vom langen Dreistundenweg hat er Hunger und Durst gehabt, und wie er mit dem Züngerl fertig gewesen ist, ist er mit der Kellnerin ins Reden gekommen. Zuerst ists über das Wetter hergegangen, alsdann auf das, wo er her ist, der Schmauß, und schließlich aufs bevorstehende Taufen.

»Soso«, sagt die Kellnerin und deutet auf den Rucksack neben dem Kachelofen: »Soso, do drinna host sie, deine Zwilling ... Derf mas vielleicht sehn ... I will ja net, daß d'sie aufweckst ... Bloß a bißl, wennst vielleicht dein'n Rucksock obn vorsichtig aufbindst ...«

»Ja, gell, bist recht neugierig ... Zwoa schöne Brocka sans«, hat der Schmauß alert gesagt, und weil die Pfarrerköchin grad gekommen ist und gesagt hat, der Hochwürdige Herr ist jetzt da, in einer Viertelstund kann er in die Kirch hinüberkommen zur Taufe, der Bauer mit der Wenwieserin, sagt er: »Jetz muaß i dö Kindein sowieso aufwecke ... Nachher konnst sie glei sehn ...«

Die Pfarrerköchin ist auch neugierig gewesen und hat sich neben die Kellnerin an den Tisch gestellt, wodrauf jetzt der Schmauß den Rucksack gehoben und aufgebunden hat. Hinein greift er und hebt die Zwillinge vorsichtig raus.

»Ganz und gor guat hot sie's austrogn, dö Zwoa, mei Amalie ... Fest und gsund sans ... Do!« sagt er und nimmt das warme Umschlagtuch von den zwei Steckkissen: »Do schaugts ...« Rot angelaufen sind die Zwillingsgesichtlein, herausgedrückte Augen haben sie, aber sie rühren sich nicht, sie wachen nicht auf und wimmern. Verdutzt schüttelt der Schmauß die Wickelkissen. Nichts, gar nichts, keinen Mucksер machen die Kindlein – tot sind sie, maustot.

»T-tjaa, jaa Herrgott, jetzt hob i doch so aufpaßt ... Worum hobn's denn gor koan Muckser to, daß i gspannt hätt, sie sterbn am End ... Mein Gott! Mein Gott!«

Niedergebrochen ist er auf einen Stuhl und hat geweint wie ein kleines Kind. Es läßt sich denken, was das für eine Aufregung im ganzen Pfarrdorf gegeben hat. Der gräuslige Winter und der Schnee damals – aber sowas kann heutzutag nicht mehr vorkommen.

Die Eisscholle

Sobald der See zugefroren war, sind wir nicht mehr zu halten gewesen. Wir waren die ersten und die letzten, die drauf Schlittschuh fuhren. Die Ortspolizei und die Fischer hatten zwar strikte Weisungen, erst nach genauester Prüfung den gefrorenen See freizugeben, aber was kümmerte uns das! Wir wussten tausend versteckte Uferstellen, von wo aus wir eben doch auf das Eis kamen, und daß dabei etwas passieren konnte, kam uns gar nie in den Sinn. Wir untersuchten die Eisflächen selbst und spielten dabei Nordpolforscher. Der Lenz war immer der Nansen, wir seine Hilfskapitäne und Mannschaften. Der Maurus wollte sich nie einen Namen beilegen und konnte auch dieses romantische Spielen nicht leiden. Er ging zwar mit uns, aber er unternahm stets alles auf eigene Faust und war sehr verwegen dabei. Das war sehr ärgerlich für uns, aber es entspann sich dabei stets ein Wettkampf im Überbieten der Kühnheit. Wir nämlich machten umständliche Entdeckungsfahrten auf dem Eise, und wenn wir eine bestimmte Fläche ganz und gar auf ihre Tragfähigkeit untersucht hatten, zogen wir mit den spitzen Stöcken Linien, markierten auch da und dort eine solche Grenze durch eine Schneesäule und nannten dann so ein Gebiet »Island« oder »nördliches Spitzbergen«, »Bismarckstraße« oder »Kaiser-Franz-Josephs-Land« und so weiter. Maurus aber kümmerte sich um all das nicht und fuhr einfach über unsere Grenzen hinweg, sauste hin und her auf dem krachenden, biegsamen Eis und verpfuschte uns immer die ganze Nordpolentdeckung. –

An einem Nachmittag im späten Februar sprangen Maurus, Lenz und ich wieder auf das Ufereis von Berg und fuhren seeeinwärts. Wir sausten sehr schnell dahin; denn der Fischer Liedl und der Wirt vom Seerestaurant hatten uns entdeckt und pfiffen schon, schrien und schimpften. Schon seit vier Tagen nämlich war das Eis im Aufgleimen und der Zutritt zum See verboten. Wir sprangen über die oft meterbreiten Risse von einem Eisfeld auf das andere; das Eis bog sich, das Wasser spritzte hoch auf, wir freuten uns und hörten nicht auf das dumme Schreien und Pfeifen vom Ufer her.

»Fahr nu weita! Nu zua! Auf Kempfahausn obi … Do gehng ma nacha raus!« rief uns der Lenz zu, und wir lachten sehr, weil die Rufer sich nicht in den See trauten.

»Do schaug … schaug! Oiwai mehra Leut kemma und wias jammern, dö Feigling! Ha, dö derwischn üns ja doch it … Fahr nu zua!« sagte der Maurus und deutete auf das schon dämmerige Ufer.

Die Schreie wurden immer jämmerlicher, immer dringender. Wir kümmerten uns nicht um sie. Ein Riß kam wieder; »Ho-hopp!« jauchzte der Maurus und sprang auf die drübere Eisplatte. Der Lenz folgte, ich aber schaute ängstlich auf das hervorquellende Wasser und zögerte.

»Weita! Spring rum! Dös geht leicht!« schrien meine Brüder.

»Ja, aba es is so broat!« jammerte ich kleinlaut und suchte nach einer etwas schmäleren Stelle. Lenz und Maurus schimpften. Ich faßte endlich Mut und kam gerade noch mit einem nassen Fuß drüben an, meine Brüder zogen mich mit und Maurus meinte, wir müßten uns beeilen, jetzt sehe man noch halbwegs die Richtung, aber der Nebel werde immer dichter.

»Warts a bissl! ... Bleibts do steh ... I fahr amoi umananda und schaug, wo überoi Sprüng san und wo ma am bessern weitakemma«, sagte er und fuhr weiter. Der Nebel wurde dicht und dichter, wir hörten das Wasser rauschen, und rundherum grollte das Eis.

»Maurus! ... Maurus! Geh weita, wir müassn macha, daß ma außikemma!« rief der Lenz, und weit weg gab Maurus an. Gleich darauf tauchte er auf und sagte ein wenig aufgeregt: »Du, dö Eisplattn, wo mir drobn san, härt glei do vorn ganz auf ... Do is scho nix mehr ois Wassa ... Mir müassn wieda zruck und üba den Riß, daß ma hoamkemma.«

Eilsam sausten wir zurück, aber – o Schrecken! – jetzt war der Riß schon fast vier oder fünf Meter breit. Wir schwammen – schwammen losgelöst auf dem offenen See. Durch die Nebelschwaden drangen immer noch die fernen Pfiffe und Schreie, wie Weinen und Jammern hörte sichs an.

»Herrgott! ... Wos mach ma jetzt?« raunte der Maurus benommen, und wir schauten einander ratlos an.

»Do… Mir schwimma… Schaug hi, d'Welln treibn auf Starnberg zua«, meinte der Lenz und deutete auf das dunkle Wasser. Ganz langsam trieb unsere Eisplatte weiter. Ich spürte, wie meine Füße naß wurden, mein Magen rumorte, und mein Herz schlug vor Angst, und weil auch meine Brüder diesmal so gänzlich stumm blieben, sagte ich auf einmal jammernd: »Schrei ma! Schrei ma, daß's üns helfa!«

»Ah!… Dö kinna aa nix macha… A Schiff bringas net rei… Aiso wia sollns üns denn helfa kinna?« meinte der Maurus und schlug vor, noch einmal die schwimmende Fläche zu umfahren, vielleicht sei doch wo eine schmale Stelle, von der aus man auf eine neue Platte springen könnte. »Bleib du dawei do… Mir kemma glei wieda«, befahlen mir die zwei. Ich aber sträubte mich heftig dagegen und wollte mit. Sie mußten grob werden und fuhren weiter, ich hielt ein wenig ein, und als ich sie nicht mehr sah im Nebel, bewegte ich mich langsam vorwärts. Ich schlotterte und malte mir traurig aus, wie das sein könnte, die ganze Nacht auf dem Eis. Der kühne Nansen fiel mir ein. Genau so, dachte ich, ist es dem sehr oft gegangen – aber wir haben keine Decken, keinen Schlitten und können auch kein Feuer anmachen, das ist schon noch ärger. Mir fiel auf einmal das Ertrinken ein. Ganz deutlich stellte ich mir vor, wie man untergeht, immer wieder zu schwimmen versucht und stets mit dem Kopf, wenn man nach oben will, an die Eisdecke, die über einem wegschwimmt, stoßt – und man kriegt keine Luft mehr, man schaut im dunklen Wasser umeinander, Herrgott, ja! Und nachher sinkt man auf einmal immer tiefer, ganz tief, am tiefsten – und schreien kann man auch nicht, und es weiß kein Mensch, wo man ist – –

»Oskar?! Oskar?!« hörte ich jetzt meine Brüder rufen.

»J-ja, ja! Do bin i«, gab ich an.

»Mir müassn scho dobleibn ... Es hilft nix«, sagte jetzt der Lenz ganz in meiner Nähe, und er und Maurus erzählten, daß nirgendswo eine schmale Stelle sei.

»Ünsa Eis is wia a Floß ... Schod, daß ma koane Ruadern hobn ... Nacha kunnt ma ja fein dahinfahrn und waarn schnell wieda draußn«, meinte der Maurus.

»Vielleicht gehnga ünsere Stecka«, warf ich ein.

»Ah! Dumma Kerl, dumma ... Mir bleibn jetz ganz einfach do und aus ... Wenn mir a so dahitriebn werdn, kemma schon amoi auf a anders, festers Eis«, sagte der Lenz, und wir hockten uns einfach unruhig auf das nasse Eis. Eine Weile brachte keiner ein Wort heraus. Mir fiel ein, daheim in der warmen Kuchl wäre es jetzt so schön und gemütlich, und ich verwünschte das ganze Schlittschuhfahren; mich fror, ich war ärgerlich auf meine Brüder, und immer wieder kam mir das mit dem Ertrinken in den Sinn. Schauerlich war mir zumute.

»Da Nansn hat wochalang a so aufn Eis zuabringa müassn«, sagte der Lenz. »An Nordpol drobn gibts übahaaps koa Land, bloß lauta Schnee und Eis ...«

Jetzt sahen wir überhaupt nichts mehr als Nebel, totenstill war es rundherum, und dunkel wurde es schon langsam.

»Herrgott, da Liedl und da Seewirt werdns sicha scho sogn dahoam«, meinte der Maurus. Wieder schwiegen wir.

»Mir friert a so«, wimmerte ich einmal. Meine Brüder gaben nicht acht darauf.

»Do! ... Dos ... dos!« sagte der Lenz und hob den Kopf. Ganz fern hörten wir dünne Stimmen und Rufe.

»Dös san oiwai no dö an Ufa z'Berg«, murmelte der Maurus gleichgültig. Er zog ewig sein Rotz in der Nase hinauf und rieb sich die Hände. Der Lenz stand auf und sagte: »Mir derfa it oiwai auf oana Stell liegn ... Do werds warm unta üns und nacha brech ma durch ...« Er fing an, seine Schlittschuhe abzuschnallen und meinte dabei: »Weitafahrn kinn ma ja doch it ... I geh jetzt nacha a bissl hin und her ...«

»Ja, in Gottswilln, wenn kemm ma denn außi? ... Müaß ma do üba Nocht bleibn?« fragte ich jämmerlich.

»Freili, damischa Kerl, depperta ... Jetzt is's scho, wias is«, fuhr mich der Maurus an. Und nachdenklich für sich sagte er: »Wenns bein Tog waar, müasserts ganz schö sei, wenn ma a so dahinschwimmt ... Passiern konn üns ja nix.« Die Zeit wurde lang, immer länger. Brummig und mürrisch tappten wir hin und her.

»I schrei jetz amoi!« sagte der Lenz.

»Ja, schrein ma!« meinte auch der Maurus, und alle drei schrien wir tonlos in die nebelstumpfe Dunkelheit hinein. Wir horchten gespannt. Niemand gab mehr an. Wir schrien wieder und viel lauter. Nichts.

»Herrgott, wos mach ma denn? ... Hm«, wurde jetzt der Maurus ungeduldig. »Wenn ma üns einfach ausziagn und schwimma?«, schlug der Lenz zweiflerisch vor.

»Ah! ... Mir wissn ja gor it, wo ma san ... Und – nana, dös geht net – 's Wassa is eiskoit – do san ma hi, wenn ma einisteign – und – und nacha kinn ma leicht unter Eis kemma ... Härst es denn it, wias treibt ... Nana, dös geht net«, sagte der Maurus stockend.

»Herrgott, mir müassn aba doch außi«, drängte der Lenz. Ich merkte, wie meine Brüder immer unruhiger wurden und verlor jetzt allen Mut. »Waards hoit it einiganga an See ... Hu-khu, jetz san ma hi, hu-k-k-h-u«, fing ich zu weinen an. Meine Brüder waren diesmal nicht grob zu mir. Sie fingen nach einer Weile sogar an, mich zu trösten. Untergehen tun wir nicht, meinten sie immer wieder, ich soll nur fest bleiben, einmal müßte ja unser Floß doch wo landen.

»Mut, Swerdrup!« sagte der Lenz, weil er wußte, daß ich das sehr gern hatte, wenn er mich als Nansens besten Mitarbeiter bezeichnete. Ich verlor aber die Hoffnung immer mehr und heulte zuletzt schrecklich.

»Laaf a bissl auf und o, nacha werds dir warm«, redete mir der Maurus zu, weil er meinte, ich weine nur wegen dem Frieren.

»Mi friert gor it ... Aba-aaba außi mächt i, au-außi«, jammerte ich noch ärger.

»Ja, Herrgott, mir kinna doch aa nix dafür ... Mit dein Blecka werds aa it bessa!« knurrte der Maurus mich an.

»Ja, wennds it rei waards, waars ois it passiert ... I mog nimma!« plärrte ich.

»Di nehm ma nimma mit ... Dös sell woaß i gwiß«, sagte der Lenz verstimmt.

»Jetz schaugn ma amoi nochmoi umanand, geh weita«, forderte der Maurus den Lenz auf, und sie wollten schon gehen. Da auf einmal tat es einen furchtbaren Krach, und das Eis unter uns zitterte schwer nach, ein splitterndes Schieben setzte ein.

»Auf! Jetz san ma wo ogsteßn, weita, Oskar, auf!« schrie der Maurus, und wir liefen nach der Richtung, wo es gekracht hatte; kaum waren wir zehn Meter von unserer Stelle, da krachte es wieder, und zu unserem Schrecken merkten wir, hinter uns mußte das Eis zersprungen sein. Wir liefen, was wir konnten, nur der Maurus schob ständig seinen Stock vor sich her.

»Hoit! Stad! Langsam geh, do is a Loch!« schrie er hastig zurück. Wir blieben stehen. Unser Eisfloß war an ein anderes gestoßen und schwann drunter hinein, das zischende Wasser stand uns halb bis zum Knie.

»Zruck! Zruck! Do dersauft ma!« schrie der Maurus und drängte uns zurück. Ich schrie wie am Messer und wollte mich nicht mehr von der Stelle bewegen. Er riss mich zurück und schleifte mich. Es gab abermals einen Kracher, und mit furchtbarer Gewalt schob sich der Boden unter uns immer weiter, jeder ließ seine Schlittschuhe fallen, jeder fiel vornüber, und jeder machte unwillkürlich Schwimmbewegungen, jeder schrie auf wie ein Vieh. Der Maurus hatte mich am Handgelenk und gab sich auf einmal einen Schwung – sst – lagen wir alle zwei auf festem, rauhem Ufereis, krochen eilsam und ängstlich weiter wie Wiesel und richteten uns auf.

»Lenz ... Lenz!!!«, schrie der Maurus.

»J-jaja, do bin i!« gab der an.

»Bist aufn Eis?«, fragte der Maurus fliegend.

»Ja, i kimm scho!« schrie der Lenz aus dem Dunkel, und wir hörten seine Schritte rechter Hand von uns. Ich merkte, wie der Maurus aufschnaufte, wie er zitterte.

»Gott sei Dank! ... He-errgott mei Liaba ... Do hättn ma hi sei kinna!« sagte er, als Lenz da war. Alle drei tropften wir, der Lenz hatte sich das ganze Gesicht verkratzt, der Maurus die Hände, ich mir die meinen auch. Keine Schlittschuhe und keine Stecken hatten wir mehr, aber es war uns doch sauwohl, weil wir wieder sicheren Boden spürten. Wir krochen auf allen vieren von dannen und kamen glücklich an Land. Als wir umschauten, waren wir am Kempfenhausener Ufer. Wir fingen zu laufen an und setzten nicht aus, bis wir daheim ankamen. Da saßen Mutter und unsere Schwestern in der Küche und weinten. Der Liedl war dagewesen und hatte erzählt, daß wir in den See hinein wären und wahrscheinlich nicht mehr herauskämen. Er schimpfte zuletzt furchtbar und meinte, eine Verantwortung könnte er da nicht übernehmen, wir Lausbuben seien an unserem Tod selber schuld. Und alsdann war er gegangen, weil ihm meine Mutter gesagt hatte, unser Vater sei in Leoni beim Bier.

»Jajaja, um Gottswilln, um Gottswilln! Ja-jaja, Anna-nananana, jetz sowos!« klagte unsere Mutter in einem fort, als wir vor ihr standen, dann aber fing sie doch zu schimpfen an: »Glei ziagts enk aus und machts daßz as Bett kemmts, ös Lausbuabn, ös rotzige!« Diesmal folgten wir sofort. Der überstandene Schreck hatte uns dasig gemacht.

Der Januar

Das greisenhafte Bartgesicht
der Kälte trotzig zugewandt,
so geht im fahlen Winterlicht
der Januar durchs weisse Land
und keiner weiss, wohin er geht.

Als Riese trat er kurz zuvor,
vom Mond der Mitternacht erhellt,
aus dem vereisten Jahrestor
und watet durch den Schnee der Welt,
bis er am Rand des Himmels steht.

Erst dort verweht er schattenhaft,
gigantengross und himmelweit,
und während die Sekundenkraft
aus Gegenwart erzeugt Vergangenheit,
zieht ohne ihn das Jahr in seiner Bahn.

Doch die Vision in diesem Bild
zerrinnt in einer kurzen Nacht
und wenn, vom Nebel dicht verhüllt,
der nächste bleiche Tag erwacht,
schaut uns der gleiche Winter an …

Der Einbruch

In der schlimmsten Inflationszeit ging das mitten in unserem Dorf gelegene herrliche Schloß Elsholz in andere Hände über. Der Besitzer, ein etwas sonderlicher Baron R., verkaufte es aus nicht recht ersichtlichem Grund an eine ausländische Gräfin, zu deren Gefolgschaft auch ein tschechischer Baron gehörte. Sang- und klanglos verschwand der alte, menschenscheue Baron, und die wenigen Leute, von denen er Abschied nahm, waren kaum gerührt darüber. Er galt zeitlebens als Geizhals, hatte mit niemandem näher verkehrt und war nicht sehr beliebt gewesen. Die neuen Besitzer suchten von Anfang an mehr Fühlung mit den Dorfleuten, waren sozusagen öffentlicher und legerer und, kaum zogen sie ein, da fingen sie auch schon heftig zu bauen an. Das schöne, zweitürmige, ruhigstrenge Schloß bekam in kürzester Zeit eine häßliche, protzenhafte Gestalt. Auch innen wurde alles von Grund auf anders, und jeder Mensch konnte es an seinen fünf Fingern abzählen, was das für Unsummen verschlungen haben mochte.

Selbigerzeit kam ich einmal wieder nach Hause. Es war im Winter und es schneite tagelang. Wir hockten in der mollig geheizten Stube, erzählten dies und das und kamen auch auf die neuen Elsholzleute zu reden. Voll Bewunderung schilderten mein Bruder und meine ältere Schwester die jetzige, prachtvolle Inneneinrichtung des Schlosses. Beide lieferten dorthin, der eine die Konditoreiware, meine Schwester schneiderte für die Gräfin, und diese hatte ihnen die Räume gezeigt. Meine Mutter saß am Ofeneck, hatte das Augenglas aufgesetzt und strickte. Sie schüttelte bloß hin und wieder den Kopf, machte ab und zu: »Hm – hm!« und dann sagte sie: »Ha, daß's jetz' auf der Welt Leit' gibt, dö wo ois's hobn! ... Und anderne wiss'n it, wia's jedn Tog z'essn kriagn ... Hmhm – hm!«

»Ja mei, Muatta, dös verstehst hoit du it«, meinte meine Schwester ein wenig ironisch: »Dö reichn Leit san scho rächt! ... Durch dö kimmt wenigst'ns a Geld unter d'Leit ... Schaug no, wos jetz do wieder vui a Arbat kriagt hobn.« Meine Mutter blickte ungläubig auf sie. Nachdenklich strich sie ihren halbfertigen Strumpf ein paarmal über ihr abgebogenes Knie und meinte, es wär' kein Wunder, wenn derjenige, der gar nichts habe, durch so einen unsinnigen Überfluß auf Schlechtigkeiten komme. Ich kann mich ihrer Worte nicht mehr genau erinnern, aber wenn ich repliziere, hatten sie ungefähr diesen Sinn: Am Schlechtwerden des Armen sei allemal der Reiche schuld. Reichtum verderbe nicht nur seinen Besitzer, er mache dadurch, daß er überhaupt da sei, auch den Armen gierig und gottvergessen.

»Loß dir sog'n ... Ös wißt's es gwiß no, dös sell mit ünserner Dirn, der rot'n Resl vo drenter der Isa'«, sagte sie, und wir erinnerten uns alle wieder daran. In dieser langen Winternacht wärmten wir die Geschichte wieder auf, bei der es mir bloß immer weh tut, daß ich sie nicht *so* wiedergeben kann, wie meine Mutter sie damals erzählt hat. – –

Als mein Bruder Maurus noch in die Feiertagsschule ging, mußte er jeden Tag nach Unterberg in die verschiedenen Häuser das Brot tragen. Meist ging er so um sechs Uhr früh von daheim weg. Unterberg ist jene vornehme Hälfte unseres vielbesuchten Dorfes, die sich direkt am Seeufer entlang zieht. Das königliche Schloß mit Park, mit den Verwaltungsgebäuden und der Hofgärtnerei macht den Anfang. Dann sind da noch die ehemalige Wiesmaier-Wirtschaft, daneben jetzt das neue »König Ludwigs-Café«, das schöne Anwesen vom Müller März, das Haus vom Stegwart gleichen Namens, das vom Fischer Liedl und endlich das Seehotel mit dem Dampfschiffsteg davor. Sonst gibt es in Unterberg nur Herrschaftsvillen. Eine neben der andern, die meisten mit großen, heckenumfriedeten Waldgärten, und alle fast durchwegs nur im Sommer bewohnt. Die Straße von Oberberg fällt über einen ziemlich steilen Berg herab, läuft geruhsam zwischen den Villen und deren Schiff- oder Badehütten hindurch und mündet weit außerhalb des Dorfes, leicht ansteigend, in die Distriktsstraße Starnberg-Wolfratshausen. Damals hatte sich eben ein steinreicher Münchner Verleger für seine Mätresse eine auffallend luxuriöse Villa direkt neben dem Dampfschiffsteg hinbauen lassen. Zwei oder drei Sommer verlebten die Herrschaften hier, und der ungeheure Aufwand, den sie trieben, wurde viel im Dorf besprochen. Die unglaublichsten Dinge erfanden klatschsüchtige Mäuler. Man erzählte von tollen Gelagen in der Villa, von phantastisch teuren Möbeln und Teppichen, von nur schwergoldenem Besteck, von einem eigenen Zimmer für die Schoßhunde der »Gnädigen« – versenkbare Tische gäbe es in den Gesellschafts- und Speiseräumen, ein raffiniert ausgestattetes Hausbad aus wunderbarstem Marmor, und sogar samtgepolsterte Aborte seien da. Den Herrschaften selber begegnete jeder Dorfbewohner mit größter Unterwürfigkeit, heimlich aber raunte man sich ins Ohr, das sei schon so eine verderbte Hurensippschaft, die nicht wisse, wie sie das Geld und den Übermut verpulvern sollte. Weiß der Teufel, was so eine Mätressenwirtschaft für geheime Laster betreibe.

Wieder einmal wurde es Winter. Die Verlegers gaben ihre Schlüssel dem Seehotelwirt Gerhacker und bezogen ihre Stadtwohnung. Einmal in einer dunklen Januarfrühe war's meinem Bruder, als er an der Verlegervilla vorüberging, wie wenn die hölzernen *Rouleaux* eines Schmalfensters an der Straßenseite verschoben seien. Er blieb stehen, schaute genauer hin, horchte angestrengt und schärfte seine Augen noch mehr. Komisch – durch die schmalen Ritzen schien ja Licht.

Es kam plötzlich eine Spannung über ihn, sein Herz klopfte, die abenteuerlichsten Dinge schossen durch sein Hirn. Er schlich vorsichtig in die finstere Nische des hohen Gittertors und spähte abermals hinauf zu diesem verdächtigen Schmalfenster. Ja, ja, er hatte sich nicht geirrt, ganz deutlich sah er es jetzt, da drinnen, hinter den verschobenen Rouleaux brannte Licht. Er überlegte. Ein wohliges

Gruseln verspürte er, schnaufte behutsam und tappte lautlos weiter. Die Straße war eisglatt. Einige Tage hatte es geregnet, alsdann war frische Kälte gekommen und alles gefroren. Vom Dampfschiffsteg herauf pfiff ein scharfer Wind und trug das Rauschen der Wellen herauf. Sonst war es um und um still. Den Gerhacker musste mein Bruder erst aufwecken. Der brummige, zuckerkranke, sehr fette Schwabe kam erst nach längerer Zeit in Hose und Hemd daher und schimpfte ärgerlich: »Was ist denn das! … Dunnakeil! Dunnakeil no' mal, ha' i it gsagt, du sollscht's Brotnetz beim Gangfenster rei'lassn! Was mu-uscht du mitten drinn wecka!«

»Na, Herr Gerhacker, na … Stad! Beim Verlega drent muaß ei'brocha wordn sei … Do brennt a Liacht!« hastete Maurus schnell heraus: »Ganz gwiß! … I hob's gsehng! … Do müaßn Leit drinn sei! Ganz gwiß!«

Der Gerhacker besann sich und schaute mürrisch und ungläubig auf meinen Bruder.

»Ah – ah, wascht du wieda all's gsehn hascht!« grantelte er, denn von der mutigen Seite war er keiner, und sicher wollte er so früh bei dieser Saukälte nicht hinaus. »Gibt's ja gar it! … Müscht i do aa was g'hört habn! Ah-ah-ah!« Sein Gesicht wurde noch mißvergnügter, außerdem fror es ihn, daß er schlotterte. Aber Maurus gab nicht nach, bis der Mann endlich ernst wurde.

»Ja, wart a weni – oda, wart! Geh vor zum Liedl und zum Mülla nauf … I alloi loß mi it übern Haufn schlagn … Hol's – aba mach' koin' Lärm it!« sagte der Wirt und versprach, sich derweil anzuziehen. Mein Bruder holte außer den zwei Männern auch noch den Stegwart. Jeder brachte was mit, der Fischer einen riesigen Armeerevolver, der Müller einen Vorderlader, der Stegwart ein Mordstrumm Beil, und als sie an der Villa vorbeischlichen, überzeugten sie sich vorsichtig von Maurus' Angaben. Keiner sagte etwas, beim Seehotel stellten sie sich zusammen, berieten hastig im Flüsterton, der Wirt trug eine große Lampe und einen krummen Türkensäbel, vorwärts ging es, mannhaft in die Verlegervilla hinein.

»Angst müssen die mehr gehabt haben wie Verstand«, erzählte mir Maurus. »Der Gerhacker hat den Schlüssel hineingesteckt, geschnauft und gelärmt hat er wie ein Mordbrenner, und wie die Tür offen war, hat er sich nicht hineinzugehen getraut... Seinen Riesensäbel hat er fuchtelnd geschwungen, und geplärrt hat er, der Stegwart hat das Beil schlagbereit gehabt, der Müller den Revolver vor sich hergehalten ... Wenn da wirklich wer drinnen gewesen wäre, leicht hätt' er durchbrennen können!«

Aber sie fanden keinen Menschen. Im unteren Stockwerk war es dunkel, und als man das elektrische Licht anknipste, sauste eine Maus hurtig über die glänzenden Steinfliesen, was einen nicht geringen Schrecken hervorrief. In der geräumigen Küche sah es nicht gar arg aus. Das Salzfaß stand offen auf dem Herd, der Geschirrkasten stand sperrangelweit offen, das Wurstbrett und einige angeschmierte Teller waren auf dem wachstuchüberzogenen Tisch, daneben stand der dreiflammige lange Spirituskocher, auf dem gekocht worden sein mußte. Eierschalen und etliche zerschlagene Weinflaschen lagen am Boden. Die Tür zum Keller war aufgesprengt, das Schloß hing zerschlagen und schief dran, und in den weiten Gewölben drunten war so ziemlich alles demoliert. Die schmalen, hohen Holzstellagen waren völlig ausgeräumt, der aus starkem Drahtgitter bestehende Behälter für die Sektflaschen war aufgesprengt, das Schloß lag zerhauen am Boden. Wohin der Gerhacker auch leuchtete, überall war es das gleiche Bild. Aufgerissene, halbausgegessene Herings- und Sardinenbüchsen, zerstampfte Marmeladengläser und eine Unmenge mutwillig geköpfter Wein-, Sekt- und Schnapsflaschen. Sogar das Essigfaß hatten die Einbrecher einfach auslaufen lassen, und die vielen Ölflaschen waren ebenfalls alle zerschlagen. Auf dem Steinboden rann das flüssige Gemisch von Wein, Schnaps, Sekt und Essig und Öl herum und stank moderig. Die Männer standen benommen da und schüttelten in einem fort den Kopf. »Sowas g'hört gevierteilt!« polterte der Gerhacker in bezug auf die zerstörungswütigen Einbrecher, und endlich ging man nach oben. Da sah es genau so aus. Die Parterreräume – Empfangssalon, Speisezimmer, Musik- und Bibliothekzimmer – waren von unten bis oben umgekrempelt. Alle Schubläden waren aufgerissen, und die Tapeten hingen von der Wand, die vielen Bücher lagen herabgeworfen in einem großen Haufen auf dem besudelten Teppich. »Wie Sodom und Gomorra«, brummte der Gerhacker. Am furchtbarsten aber hatte sich die Vernichtungswut in den Zimmern des oberen Stockwerks ausgetobt. Schrecklich zerfetzt sah das riesenbreite, gold- und silberbestickte Himmelbett der Mätresse aus, die schwere blutrote, seidene Steppdecke war zerschnitten, alle Gardinen an den Fenstern angezündet, alle Schränke und Kommoden durchwühlt, jeder Polsterstuhl zersägt oder zerschnitten, kein ganzes Stück gab es mehr. Boudoir und Bad, Lese-, Ankleide-, Spiel- und Hundezimmer machten buchstäblich den Eindruck, als hätte eine Erdbeben alles ineinander geworfen, die schweren Glaslüster zeigten kaum noch ein Zierat, und sogar die reichen Stukkaturplafonds hatten Sprünge, Beil- und Hammerhiebe. Auf allen Teppichen, wo ihnen gerade die Lust angekommen war, hatten die Einbrecher ihre Notdurft verrichtet oder gespien, die großen Ölgemälde waren teils beschmiert, teils zerschnitten oder einfach herabgeworfen und zerstampft. Im Bad, wo das Licht, das mein Bruder durch die verschobenen Rouleaux gesehen hatte, noch brannte, lief noch immer das Wasser, und als die Männer erschreckt, schon gewärtig, daß hier noch jemand drinnen sei, die Tür aufrissen, floß ihnen eine wahre Gischt stinkigen Wassers entgegen, strömte weiter über die Teppiche und in alle Ecken und Enden. –

»Do kinna mir aa nix macha ... Glei auf Minka eini Botschaft toa und ois o'zoagn, werd dös gscheiter' sei!« sagte der Liedl nach langem vergeblichen Suchen, denn von den Einbrechern fehlte jede Spur, das heißt, jaja, ein offenes Fenster auf der Seeseite der Villa ließ vermuten, daß sie dort ausgestiegen und wahrscheinlich in dunkler Nacht mit einem Boot über den See gefahren waren. Noch am gleichen Tag kam der verständigte Verleger aus München mit der Starnberger Polizeikommission daher, gab an, was alles gestohlen worden war, die Räume wurden alle photographiert, mein Bruder und die vier Männer mußten über ihre Wahrnehmungen aussagen, und ein großes Untersuchen fing an. Alle die vagen Mutmaßungen ergaben nichts, kein Boot fehlte in der Schiffhütte des Verlegers, und auch ein Fischer rund um den See herum hatte keines ausgeliehen an dem Tag, kurzum, weg waren sie, die erbärmlichen Diebe, alles an Wertsachen – die goldenen Bestecke, das viele Silber, die teuren Nippes – hatten sie geraubt.

Das Dorf war in Aufregung, jeder kam sich vor wie ein höchst findiger Kriminaler, aber gefunden hat man nichts.

Im Frühjahr fand der Wegwart beim Straßenaufsanden einen diamantenbesetzten Briefbeschwerer in Form einer Eidechse. Zur Brotzeit kam er zum Hotelwirt hinein und zeigte gleichgültig das Ding her. Der Gerhacker bekam große Augen, zog die Brauen hoch und spitzte einen Zeigefinger.

»Holla!« sagte er bedeutungsvoll: »Holla, dös is vo der Verlegervilla … Da haba mir oin großes Alibi in der Hand!«

Der Wegwart wollte nicht glauben, daß diese dreckige Eidechse einen solchen Wert habe, man redete lang herum, und alsdann telefonierte der Gerhacker die Polizei an. Die kam und fragte und fragte herum. Der Wegwart konnte auch nichts weiter sagen, als daß er den Briefbeschwerer auf der Distriksstraße, da, wo sie aus dem Holz herausläuft, gefunden hatte.

Wir hatten zu Hause allerhand Dirnen gehabt. Gute und schlechte, langweilige und flinke. Alle waren sie gerne bei uns, und wenn sie weggingen, kamen sie immer einmal wieder zu Besuch. Die eine hatte geheiratet und war Bäuerin geworden, etliche gingen von uns weg ins Kloster, wieder welche in die Stadt und betrieben dort ein kleines Milchgeschäft oder hatten eine Krämerei, dann aber gab es auch solche, die ein lediges Kind bekommen hatten und noch immer Mägde waren. Wie es eben geht auf der Welt. Der eine errät es gut, dem anderen glückt gar nichts.

Die Theresia Hirn, an die uns unsere Mutter erinnerte, war eine Kleinhäuslerstochter von drüberhalb der Isar, und weil sie brandrotes Haar hatte, hießen wir sie kurzweg die »rote Resl«. Sie war ein halbgroßes, festgewachsenes Weibsbild mit sehnigen Armen, runden Schultern und hurtigen blauen Augen. Sie hatte, wie man sich bei uns ausdrückt, »Haar auf den Zähnen«, das heißt, wenn sie zornig wurde, kam keiner mehr gegen sie auf. Da konnte sie direkt furienhaft werden. Bei so einer Gelegenheit warf sie auch alles hin und ging – was außer allem Brauch lag – mitten im Jahr fort. Dienstboten standen damals stets nur zu Maria Lichtmeß ein und aus. Bei der Resl ihrem Weggang mag vielleicht auch noch etwas anderes mitgespielt haben. Der Ampletzer-Wiggl nämlich setzte ihr weiß Gott wie zu und wollte sie absolut heiraten. Einmal griff er sie sogar tätlich an, aber sie mochte ihn ums Sterben nicht.

Wir hatten alle angenommen, die rote Resl wäre heimgegangen, nach zirka einer Woche aber schrieb sie aus München, wir sollten so gut sein und ihren hölzernen Koffer schicken. Auf ihre Kosten selbstredend. Der Brief war nicht danach, als ob sie uns etwas nachtrage. Das konnten wir übrigens auch daran feststellen, daß sie uns einmal im Winter, nach dem Einbruch in der Verlegervilla, aufsuchte. Kein Mensch redete mehr davon.

Die rote Resl war hübsch modisch angezogen. Man sah es ihr an, gut mußte sie es erraten haben in der Stadt drinnen. Ein gutgehendes Zigarrengeschäft hätte sie, erfuhren wir von ihr, und ihr Mann sei bei der Straßenbahn. Sie war lustig aufgelegt, und man hörte aus ihren Worten heraus, wie stolz sie auf ihr Wohlergehen war.

»Soso, no, dös is aba schö ... Do host ös aba guat derrotn, Resl«, belobigte sie meine Mutter und sagte, auf ihre Hand blickend: »Trogst du gor koan' Eh'ring?«

»Jessaß – de-den hob i ganz vergessn«, sagte die Resl und bedeckte unwillkürlich ihre eine Hand mit der anderen, lachte allereinnehmendst und erzählte schon wieder weiter: »Mir hobn nämli a Wohnung mit a'ran Bod und – siehchst ös, so geht's, wenn's pressiert – i hob mi vor'n Rausfahrn bod't und vergiß mein' Ehring.«

»Soso ... Jaja, Luada«, meinte mein Vater spöttisch. »Der Ampletzer-Wiggl, moan' i, geht dir hoit no oiwai an Kopf umanand.« Er lachte gutmütig, alle lachten wir, und die Resl erst recht.

»Ah mei, der Tölpi, der dappi!« sagte sie lustig. »Is er denn no oiwai versess'n auf mi?«

»Und wia!« sagte mein Vater. »Der, wenn di siehcht, der laaft dir noch wia a bremsiga Hund ... Den bringst nimma o.« Und weil er immer große Freude daran hatte, mit anderen Leuten seinen Spaß zu treiben, rief er heiter: »Soit is iahm eppa sogn lossn? ... Soit er kemma?«

Die Resl war eigentümlicherweise plötzlich ein wenig verwirrt. Ihre hurtigen Augen gingen unruhiger, alsdann lachte sie wieder laut auf. »Nana, nana, Beck! Loß'n nu, wo er is! Der damisch' Kerl wererd am End nu zuadringli aa.«

»Dös Zuadringli'sei hobn aba dö Weibsbilda oft recht gern«, hänselte mein Vater weiter, aber die Resl wehrte immer wieder fidel ab: »Nana, nix Tawack, nana! ... I hob mit mein' Mo' Sach gmua!« Sie sah dabei durch das Fenster, hinaus in den weißen Winter. Es war schon nach der Brotzeit und dunkelte bereits leicht.

»Ja – Herrgott, i sitz und sitz do – i muaß ja heunt wieda nei in d'Stodt«, sagte sie: »Wos tat denn do mei Mo' sogn, wenn i heunt net hoamkaam.« Sie stand auf, drückte jedem von uns die Hand und machte sich auf den Weg nach Starnberg.

»Nocht werd's, bis d' umikimmst ... Fürcht'st dir it?« fragte meine Mutter.

»I ... Nana! Mi stiehlt koana!« lachte sie schallend zurück und grad pressant hatte sie es.

Als sie außerhalb des Dorfes in die Distriktsstraße einbog, hörte sie auf einmal »Resl!« hinter sich rufen. Sie drehte sich rasch und erschrocken um. Ein Mannsbild kam daher, winkte ihr und ging hurtiger.

»Resl! Resl! I bin's, der Wiggl! Wart a weni!« schrie der Ampletzer-Wiggl. Schon auf zehn Schritt Entfernung war er herangekommen und keuchte fliegend. Die Resl stieß einen kurzen Schrei aus und fing zu laufen an, lief, was sie konnte. Aber der Wiggl hatte längere Füße und holte sie bald ein. Er griff nach ihr mit beiden Armen.

»Resl! Resl! ... Wart doch! Laaf doch it davo! ... I tua dir doch nix!« hastete er aus sich heraus: »I hob di ja bloß no oiwai sovui gern! ... Resl!«

»It! ... Geh hoam! Mei Ruah loß mir! Geh hoam, geh!« wehrte sich die Resl und stieß mit beiden Armen. Ihr ganzer Körper schlotterte, ihre Augen waren schreckhaft unruhig.

»Resl! Mei Resei!« fing der Wiggl zu bitten an: »Resei, mogst mi den gar it? ... Gor nimma?« Er versuchte seinen Arm um ihre Schultern zu legen, sie wurde ganz und gar wild und raufte schier mit ihm. Er aber wich nicht von ihrer Seite, er lief neben ihr her wie ein geprügelter Hund und wimmerte immer das gleiche, versuchte immer wieder, sich an ihren Arm zu hängen. Es war jetzt schon so verschwommen dunkel, daß man die Augen anstrengen mußte, um alles richtig zu sehen. Mitten im Holz waren die zwei angelangt.

»Wiggl, um Gott'swilln, so geht doch hoam ... I bin verheirat't! Loß mir mei Ruah, Wiggl! I bitt' di um der Gott'swilln, geh hoam, geh!« flehte die Resl und weinte fast.

»Aba, aba i mächt ja bloß no oamoi mit dir geh! ... I tua dir doch nix Unrecht's, gar it aa, Resl!«, wimmerte der Wiggl genau so und blieb stehen.

»Geh!« gellte es ihm ins Ohr und – was war denn das – ssst, auf einmal war die Resl weg. Er hob den Kopf, glotzte, horchte und hörte seitwärts im Holz ein dumpfes Laufen. »Resl! Resei!!« schrie er. Niemand gab an. Er sah scharf auf den Boden und lief der aufgewühlten Spur nach, kreuz und quer, waldeinwärts, stolperte, fiel lang hin, sprang auf, rannte wieder weiter in einem fort schreiend, warf sich in ein dunkles Dickicht und tappte plötzlich in ein frisch aufgerissenes Erdloch, flog wie abbrechend nach vorne mit dem Gesicht in den kalten, schwarzen Kot und spürte unter seinen Füßen ein merkwürdig metallisches Klirren. »Resl!!« plärrte er ins Dunkel. Still blieb es. Ganz fern vernahm er Knacken von zertretenen, morschen Ästen, hob den Kopf, stemmte mit beiden Armen seinen Oberkörper empor und stampfte mit seinen harten Nagelschuhen schon wieder auf den klirrenden Grund der kleinen Grube. Er trat fester drauf, besann sich, schrie nicht mehr, richtete sich ganz auf und griff mit der einen Hand vorsichtig in die frische Tiefe. Etwas wie ein grobes Barchenttuch fühlte er, packte fest an und zog dran. Es gab nach, und er hielt einen unförmigen, scheppernden Packen in der Hand, betastete ihn rundum, wieder, immer wieder und schnaufte fast verängstigt stockend. Schwer war der Packen, ein richtiger kleiner Sack. Er legte ihn auf den schneeigen Boden, zündete ein Zündholz an und besah ihn abermals genau, leuchtete in die Grube, griff hinein und stieß nur noch auf Wurzelwerk. Das Zündholz zappelte aus seinen zitterigen Fingern, schnell zündete er ein neues an, zog ein Stilett und schnitt ein kleines Loch in den Sack.

»Hm … Holla, holla!« brummte er. »Holla, deswegn!« wiederholte er wie plötzlich erleuchtet, nahm hastig den Sack unter seinen Mantel und ging eilsam zurück ins Dorf. Beim Bürgermeister gab er seinen Fund ab und erzählte. Wie ein Lauffeuer lief es im Dorf herum: Die Resl hat beim Verleger eingebrochen, der Ampletzer-Wiggl hat einen Sack voll Silber und Goldsachen gefunden. Auf der Stelle rief man telefonisch bei der Polizei in Starnberg an. Noch in derselben Nacht, erfuhr man später, wurde die rote Resl in München festgenommen. Einen Koffer voll Tafelbesteck, teure Nippsachen und mehrere Uhren fand man bei ihr.

Bei der Verhandlung, die später stattfand, stellte sich folgendes heraus: Ein ehemaliger Diener beim Verleger hatte die Resl kennen gelernt. Er war sehr erbittert, weil ihn die Herrschaft seinerzeit wegen einer Kleinigkeit entlassen hatte. Schon lange war er arbeitslos, trieb allerhand dunkle Geschäfte, und eines Tages fuhr er mit der Resl und zwei Komplizen nach Starnberg. Von dort aus gingen sie nach Berg und machten den Einbruch. Volle vier Tage trieben sie ihr Unwesen in der Villa.

»Und dort haben Sie es sich gut gehen lassen, was?« fragte einmal während der Verhandlung der Vorsitzende ironisch: »Sehr gut, nicht wahr?«

»Jawohl, sehr gut!« sagte der Hauptangeklagte frech: »Die da«, und damit deutete er direkt aufreizend auf den anwesenden Verleger, »die lassen sich's aber Jahr und Tag so gehn ... Das soll dann eine Gerechtigkeit sein!«

Der Vorsitzende schrie ihn derb an. Der Verleger schaute verdattert drein und war blaß. Seine Stirn bekam peinliche Falten.

Das verpfuschte Theaterspiel

Alle Jahre, in der Zeit zwischen Weihnachten und Neujahr, hat es in unserer Pfarrei allerhand Christbaumfeiern gegeben. Die erste ist die vom Gesangverein gewesen, alsdann ist die vom katholischen Burschenverein gekommen, hernach die von den christlichen Jungfrauen und endlich die letzte ist für uns Kinder abgehalten worden. Da hat man immer ein Theaterstück aufgeführt. Selbstredend, der Gesangverein, der Burschenverein, die haben schon weltliche Stücke spielen dürfen, aber die Jungfrauen und wir Kinder, wir haben jedes Jahr was Biblisches und Religiöses aufführen müssen. Das war dem Pfarrer sein Ehrgeiz.

Ich weiß es noch gut, wie wir das dramatische Marienspiel »Verkündigung Mariens« aufgeführt haben. Da ist nämlich was vorgefallen, was mich lange sehr geärgert hat, weil es mir alle Leute und meine Schulkameraden immer vorgeschmissen haben. Ich habe dazumal nämlich den Erzengel Gabriel spielen müssen, der wo der Maria erscheint. Und die Maria, das war die Amschuster Genovev. Also gut, ich renne hinter den wackligen Kulissen hervor, in die Kammer von der Maria, die wo grad gebetet hat und sage zu ihr, weil sie so erschrickt: »Maria, Frau des Joseph, erschrecke nicht! Mich schickt Gott selber! Du wirst ein Kind empfangen und das sollst du Jesus heißen!« Und auffallend schön hat die Amschuster Genovev als Maria drauf geantwortet: »Wie ist das möglich...!?« Gleich einen Riß hat es ihr gegeben. Ich bin aber gar nicht drausgekommen in meiner Rolle, weil ich es ja gewusst habe, daß uns der Pfarrer gesagt hat, so muß es gespielt werden. »Wie ist das meeglich?!« hat also Maria noch einmal gerufen, und gleich habe ich ihr als Erzengel auf das hin geantwortet: »Fürchte dich nicht, Maria, bei Gott ist kein Kind unmeeglich...!«

Auf das hin aber haben die ganzen Leute im Saal zu lachen angefangen, wenn es gleich sehr ernst gewesen ist. »Ding! Ding!« hat der Pfarrer aus dem Souffleurkasten ewig gewispert, aber ich habe absolut nichts mehr verstanden und bin auf einmal, weil mich das saudumme Lachen von den Leuten irr gemacht hat, hinter die Kulissen gesaust und habe zu plärren angefangen wie am Messer. Da war natürlicherweise alles verpfuscht. –

Der Malzzucker

Das war zutiefst im Winter, lang nach Weihnachten. Ich bin dazumal noch in die Schule gegangen und kann acht oder neun Jahre alt gewesen sein, als sich unsere Großmutter hat hinlegen müssen.

Ich kann mich noch gut erinnern. Der Kranken muß es vorgegangen sein, daß es jetzt in die Ewigkeit geht, denn sie wollte sich absolut nicht ins Bett legen. Kranke, wenn sie eigensinnig sind, denen gibt man gern nach. Also hat man sie in den großen Sorgenstuhl gesetzt, Kissen hinter ihren Rücken hineingestopft und vorne, von einem Lehnenvorsprung zum andern, ein breites Leintuch gebunden, damit sie nicht herausfallen hat können. – –

Ich hab' schon als Kind so mollig-warme Stuben lieber gehabt als das Freie. Und um diese Zeit natürlich, wo unsere Spielsachen von Weihnachten her noch nicht ganz demoliert waren, sind wir Geschwister meistens tagsüber in der »Großmutterkammer« gewesen. Anfangs wollten es Vater und Mutter nicht dulden. Sterbende aber mögen nicht gern allein sein. Unsere Großmutter war schon fast achtzig und ganz wie wir Kinder. Sie verlangte stets nach uns. Sie plapperte einfältig mit uns, sie lachte über dasselbe wie wir, ihre kleinen Freuden waren die unsrigen. Und da durften wir also in Gottesnamen jeden Tag zu ihr.

Das ging jetzt immer so: Wenn die Schule aus war, rannten wir wie um die Wette den verschneiten Hügelweg herunter, kamen schnaufend und dampfend zu Hause an, würgten das Essen hinunter und stürzten über die Stiege hinauf, in die Großmutterkammer.

Eigentlich erkundigten wir uns nicht einmal, wie es der Kranken gehe, und das schien ihr auch weiter nichts auszumachen. »Sososo-so, seid's jetz wieda do... Soso... Heunt hot's aba Schnee draußn... Soso, koit is's, so-so, Kinderlen, ja-ja«, brümmelte sie, und wir sagten auch ein paar ähnliche, gleichgültige Worte. Dann fingen wir zu spielen an. Ich stellte meine Bleisoldaten auf dem Zimmerboden auf, mein Bruder Lorenz legte sich flach hin und zeichnete in einem fort auf große, weiße Einwickelpapierbogen Landkarten, zog Schiffahrtslinien, entdeckte oder eroberte unbekannte Erdgebiete. Maurus, der älteste, las meistens in der »Guten Stunde« oder in der »Gartenlaube«, und meine Schwestern beschäftigten sich mit Puppen und Kinderwagen.

Es war wunderbar gemütlich. Schon in der Schule freuten wir uns auf diese Stunden und hatten alle durchaus den Wunsch, dieses Kranksein von der Großmutter möchte nur ja um Gotteswillen nicht aufhören. Sonst nämlich durften wir höchstens drunten in der geräumigen Wohnküche spielen, und da kamen alle Augenblicke lang Vater oder Mutter daher und verlangten dies und das von uns.

Da heroben aber gab es das alles nicht, da waren wir völlig ungestört. »Kinderlen! Geh seid's a bißl ruahiga!« oder »Geh, Resei, gib mir's Wassa!« Das waren die wenigen Wünsche der Kranken. Unseretwegen also hätte das ewig so fortdauern dürfen.

Aber es war auch noch etwas, etwas ganz anderes, was uns zur Großmutter hinzog und was uns hinwiederum geradezu gierig wünschen ließ, sie möchte doch recht bald sterben. Nämlich – das Tütchen Malzzucker, das sie ständig hinter ihren Kissen stecken hatte. Sie lutschte den ganzen Tag an so einem Stück, und – sie hat uns wirklich sehr gern mögen, besonders meine Schwestern – mit diesem Malzzucker, da war sie der reinste Geizhals, unsere Großmutter. Bettelten wir sie einmal drum an, so wurde sie zuerst mürrisch, schließlich ganz traurig, und zum Schluß weinte sie gar darüber wie ein beleidigtes Kind. Sie verdarb uns damit oft und oft alle Stimmung. Nicht um alles in der Welt gab sie uns je ein Stück Malzzucker, absolut nicht.

Bei solchen Gelegenheiten fingen wir alsdann zu streiten an und beschuldigten uns gegenseitig. Heimlich aber ärgerten wir uns alle bloß, weil wir wieder einmal nichts erreicht hatten.

Wenn aber ein Mensch – und bei Kindern ist das alles noch viel stärker – nur einmal durch Zufall auf ein Verlangen gebracht wird, ist's schon aus mit seiner Ruhe. Je mehr wir sozusagen der Verführung ins Netz gingen, desto mehr dachten wir darüber nach, wie wir den Malzzucker kriegen könnten.

Gott hab' sie selig, unsere Großmutter, aber im Wachen über ihren Malzzucker war sie der reinste Satan.

Und – vielleicht kam das gerade davon – wir natürlich wurden zu guter Letzt immer noch gieriger. In uns allen war nur noch *ein* Drang und *ein* Wunsch: Wie erwischen wir den Malzzucker.

Wir sagten's einander nicht, nein, nein, wir redeten nie davon, aber wir lasen's uns gegenseitig aus den Augen. – –

Endlich einmal wieder, als unsere Großmutter langsam einzunicken schien, griff Lorenz ganz sacht hinter die Kissen. Er tat's, und wir schauten alle wie gebannt auf ihn. Jetzt – jetzt mußte er die Tüte erreicht haben. Das Herz hörte uns allen zu schlagen auf. Lorenz grub seinen Arm noch tiefer in die Kissen.

Und was glaubt ihr, was in diesem Augenblick geschah? –

Die Kranke reckte sich plötzlich, es riß sie zurück und wieder vor, dann sank ihr alter Kopf auf die Brust. Lorenz zog schreckblaß die Hand zurück und blieb starr stehen. »Du! Du!« fuhr meine Schwester Emma ihn an und sah mit tiefster Verachtung auf ihn. Wir alle starrten und glotzten und konnten uns nicht mehr rühren. Mir saß etwas wie eine würgende Kugel auf der Gurgel, ich wollte schreien und konnte es nicht, denn jetzt zuckte der ganze Körper der Großmutter noch einmal, ihr Kopf ging in die Höhe und fiel wieder herab, wir sahen ihre weit offenen, verdrehten Augen, ihr Unterkiefer klappte herab. »Ö-ö-ö-öhchch-ch!« machte sie und rührte sich nicht mehr. –

Ich habe in meinem Leben schon allerhand Ängste durchlebt, aber *die* Angst, die wir dazumal alle zusammen gehabt haben, war die furchtbarste.

Unsere Großmutter hing steif herunter. Wir wußten es alle: Sie war tot. Keiner von uns sagte es, keiner tat irgendeinen Muckser, wir atmeten kaum, wir warteten bloß so, wie wir waren.

An diesem Tag habe ich zum erstenmal erfahren, daß der Mensch das Verlogenste und Scheinheiligste ist, was auf Gottes Erdboden herumläuft. Und wenn es von Kindern immer so schön heißt, bei ihnen liegt das Menschliche alles offen und natürlich da, dann stimmt das wohl. Besonders im Hinblick auf den vorhergehenden Satz.

Einige Minuten nachher nämlich hörten wir die Tritte meiner Mutter die Stiege heraufkommen und sofort – wie verabredet – belebten wir uns alle zugleich und spielten wieder mit einem so arglosen Eifer, als sei gar nichts geschehen. Mit Gewalt gaben wir uns heiter und – es gelang uns völlig. Unsere Mutter kam herein, sah die steife Großmutter und rief aufgeregt: »Ja! Jaja, um Gottswuin, ja! Ja worum sogt's denn nix? ... Ja-ja, dö is ja tot, dö is ja gstorbn!«

Und wir? Wir sagten nichts, schauten verlegen und verwundert auf unsere Mutter, schnitten betroffene Gesichter, falteten aber dann gewohnheitsmäßig die Hände und fingen zu weinen an ...

Es kann möglich sein, daß wir aus Schuldbewußtsein weinten, aber, wenn ich ganz ehrlich sein soll, ich, ich wenigstens dachte an nichts anderes als an den Malzzucker.

Als meine Mutter draußen war, haben wir ihn dann doch herausgezogen, zwar zögernd und gar nicht mehr gierig, wahrscheinlich, weil uns allen doch sehr unbehaglich zumut war. Und wir versteckten ihn, und später teilten wir untereinander vor dem Zubettgehen in aller Heimlichkeit. –

Oft, sehr oft in meinem späteren Leben hab' ich an die Geschichte denken müssen und immer, wenn ich so furchtbar weinend Trauernde um einen Toten sehe, muß ich mich ärgern über das Geflenne.

Denn im Grunde wird's sicher genau so sein wie damals bei uns Kindern. Ob es nun der Malzzucker oder etwas anderes ist, bleibt sich ziemlich gleich …

Winter

Bist du es, Winter, der mit starren Riesenhänden,
durch deren Finger man hindurchsieht wie durch
klares Eis,
herabgreift aus der frierenden Unendlichkeit
und sich, damit es keiner ahnt, woher er kommt,
im Schnee verbirgt, den dicht der Himmel schneit?
Bist du nur dazu ausersehn, dem fauligen Verenden
des rinnenden Novemberschlammes weit und breit
Einhalt zu tun, damit er in das Stocken kommt
und sich in deiner Kälte endlich so versteift,
dass das bedrohte Leben für die spätre Reifezeit
sich aufbewahren kann im Schutz von Schnee und
Eis?
Ist es nur das, was unser Sinn von dir begreift
und unser Wort nicht deutlicher zu sagen weiss?

Geschah's denn nicht, dass wir uns schon gewöhnten,
das Herbstverdämmern und die Sterbenstraurigkeit
geduldig hinzunehmen, ehe du mit ausgespannten
Händen
die Flächen einfingst, alle Tiere und die Kreaturen,
die nun dein Frost mit letzten Todesängsten über-
läuft?

Wann fassen wir es, was wir gleichnishaft erfuhren
im Stubendasein während dieser langen Einsamkeit,
da in der Luft, im Raume draussen jeder Laut verstummt,
das Frieren Land und Wasser eisig überstreift,
die Städte heimsucht und die Dörfer tief vermummt
und selbst die Zeit im zähen Stundengang der Uhren
ersterben lässt und wieder aufgehn in der Ewigkeit,
in welcher alles weiss ist, weiss, so weiss,
dass es sich aufhebt und nichts mehr als eine Blendung
für unser Auge ist, das stets ein Bild sucht, einen Kreis
und die geschlossne Form in dem Gehege der Konturen?
Was sollen unsre suchenden Gedanken noch ergründen,
wenn selbst die tiefste Ahnung es nicht mehr vermag
in dieser gähnend weissen Leere etwas von der Sendung
des antlitzlosen, stummen Winters aufzufinden,
da jede Linie erloschen ist und alle Spuren
des Fasslichen verwehn, wie die von unsren Schritten
beim ewig gleichen Fall der Flocken Tag für Tag?

Doch einmal wird dir dies von ungefähr geschehen:
An einem klaren Tage gehst du, gehst und gehst,
als ob dir nur an der Erholung und Bewegung liegt,
und merkst das Gleich und Gleich von deinen Schritten

erst dann, wenn du ermüdet stille stehst
und blicklos ausschaust in das ungeheure Weiss.
Da plötzlich hörst du einen Schwarm von Krähen,
der weitverteilt in den entfärbten Himmel fliegt,
und fühlst dich wie von einem dumpfen Bann erlöst,
weil deine Augen jetzt erst wieder deutlich sehen.
Du siehst die schneebeladne Tanne in der Ferne stehen
und träumst den Telegraphendrähten nach, die dickvereist,
mit sanft gebognem Schwung die klare Luft verzieren,
und staunst den runden Hügel an, der sich dem Wald zubiegt,
als hoffe er, in ihm die leere Nacktheit zu verlieren.
Du liebst das fremde Dorf, das zänkisch heisre Hundebellen
den Zaun entlang, bei dem die Spatzen auseinanderschwirren,
und wirst auf einmal froh und wunderlich beglückt,
weil du vermeinst, dass ausser dir es keiner weiss,
wie wahr und schön das alles ist, was dir begegnet.
Verwandelt stehst du da in dem belebten Hellen,
und freier atmest du, als wärest du gesegnet ...

Ohne Bleibe

Es war schneidend kalt.

Der Schutzmann an der Ecke sah einem angeheiterten Doppelpaar griesgrämig nach und knurrte mürrisch.

Durch den Gedanken, daß diese Leute nun in ihre warmen Stuben heimgingen und vor dem Zubettgehen vielleicht noch heißen Tee tranken und eine Kleinigkeit zu sich nahmen, hatte er sich davon abbringen lassen, weiter auf und ab zu gehen und seine durchfrorenen Beine durch zeitweiliges Stampfen einigermaßen warm zu erhalten. Jetzt stach die Kälte doppelt quälend in allen seinen Gliedern.

Er knirschte verdrossen, zog seinen Kopf noch tiefer in den aufgestülpten, starren Mantelkragen, bog mit sichtlicher Überwindung die steifgewordenen Knie und ging wieder weiter. –

Die Stimmen der Spätlinge verschwammen mehr und mehr. Es wurde wieder still. Wie ausgestorben dehnte sich das verlassene Geviert aus. Düster und drückend ragten die Hauswände empor. Der Schnee fiel dicht und sehr ruhig. –

Mißmutig schwenkte der Schutzmann in eine breitere Straße ein. Durch die gleichmäßiger verteilte Schneefläche schien es hier heller und weiter zu sein. Er blickte erleichtert in die weiße Eintönigkeit. Eine strichhaft hagere Gestalt kam auf ihn zu. Der Mann schien weder Kopf noch Arme zu haben. Nur die Beine warf er mechanisch nach vorne wie ein aufgezogenes Gespenst. Als er kaum noch fünf Schritte von ihm entfernt war, hustete der Schutzmann sehr vernehmlich und hob sein verärgertes Gesicht.

»Sie!«, rief er dem Herankommenden gehässig laut entgegen und warf sich in straffere Haltung.

Die Gestalt blieb stocksteif stehen. Nur der Frost schüttelte sie.

»Haben Sie Papiere?« fragte der Schutzmann, noch einen Schritt machend, und musterte den Mann.

Der rührte sich nicht.

»Sie!!« brüllte der Schutzmann wie fluchend und leuchtete dem Fremden mit der Taschenlaterne entgegen. Alles an ihm war wieder in bester dienstlicher Ordnung.

Ein harkiger, abgerissener, verdorrter Baumstamm oder eine arg ramponierte Säule konnte es sein, was da im Lichtkreis stand. Raschen Blicks überflog sie der Polizist.

»Ihre Papiere! – Sind Sie denn taub!« schrie er abermals, wütend über das Aufgehaltenwerden bei solcher Kälte, und setzte schnell, wie witternd hinzu: »Oder haben Sie keine?«

Der Fremde zog endlich seine erstarrte Hand aus der tiefen Hosentasche und reichte ihm die schmutzigen, durchnäßten Ausweise.

»Karl Pruvik, Klempnergehilfe«, stand auf der überleuchteten Invalidenkarte. Herkunft, Geburts-

und letzter Dienstort und Datum waren verzeichnet. Abgestempelte Marken klebten auf der ersten Hälfte.

Der Schutzmann steckte das Papier unter den blauen Militärpaß und schlug diesen auf.

»Infanterist Pruvik, Karl – 14. Regiment«, orientierte die erste Seite.

»Verwundet bei Luneville (Armschuß rechts), desgleichen bei Tarnopol (Knieschuß links), verwundet bei Verdun (Schulterschuß links)«, war im Anhang eingetragen, und soundsoviele Gefechte und Schlachten erwähnte das nächste Blatt.

Das Gesicht des Schutzmanns verlor mehr und mehr die stiere Härte, hob sich etwas höher aus dem Mantelkragen.

»Hm! – Auch Kriegsteilnehmer? ... Ohne Bleibe, was?« sagte er mit zufriedener Ruhe und streckte dem regungslos Dastehenden die Papiere hin. Dessen Gestalt schwankte ein klein wenig nach vorne.

»Hundekälte das! Warten Sie, es geht schon!« rief da der Schutzmann noch loyaler und steckte dem Mann die Papiere hilfsbereit in die Rocktasche: »Ist ja noch nicht so spät. Noch alles offen in der Stadt. Sie kommen sicher unter!«

»So«, sagte er eben, als in nächster Nähe die Uhr zehn schlug. Einen Augenblick horchte er auf, nickte und entfernte sich eilsamen Schritts. Schon von weitem erspähte er die Ablösung.

Karl Pruvik riß sich fest zusammen und schritt wieder weiter.

Der Schnee fiel und fiel.

Nach einer langen Weile wurde es endlich etwas lichter. Menschen stapften vorüber. Grelle Autolaternen glotzten über einen freien Platz. Über einem mächtigen Säulenportal leuchteten groß die Buchstaben »Schauspielhaus«.

Vielleicht vom Licht angezogen verschnellerte Karl Pruvik unwillkürlich seine Schritte, eilte geraden Wegs auf den Theaterausgang zu. Eben strömte die Besucherschar aus den großen, glitzernden Toren. Er befand sich im Nu mitten im dichtesten Gemeng und drängte sich vorwärts. Eine warme Duftwelle schlug ihm entgegen, starkgeschminkte Gesichter tauchten auf und seltsam kühne Reflexe warf das grelle Licht auf glänzende, rauschende Damentoiletten. Überschnell schwirrten geschäftige Stimmen ineinander, Seidenrauschen, Lächeln, Autohupen und das fadendünne Zirpen süßlicher Tonfälle vermischten sich zu einem betäubenden Geräusch. »Einfach glänzend!« rief wer. »Rührend, wie die Hohlmann spielt! – Nein, einfach entzückend!« zwitscherte eine überhelle Stimme. »Huw, dieses Schweinewetter! – Kommt schnell ins Auto!« ließ sich zwischendurch vernehmen. Und wieder: »Kritisch gewertet –: Eine Glanzleistung in Regie und Spiel!« Dann das laute, aufdringliche Gekicher der Backfische: »Dieses herrliche Rüschenkleid, Mama! – Hast du gesehen, – den Sonnenschirm! – und das Biedermeierkostüm im dritten Akt? Entzückend! – Du Lilly, weißt du was! So gehen wir heuer im Fasching! – Gell, Mammi! Gell!«

Es plätscherte fort und fort, oben, unten, überall. Abschiednehmen, Handküsse, Einladungen für das morgige Festessen, Lachen, Auto-vor- und -abfahren – alles wie ein flimmernder Hexentanz! –

Karl Pruvik war mittlerweile unbemerkt bis an das Eingangstor gelangt. Noch eine geschickte Finte und er hatte für heute nacht ein Dach über dem Kopf. Sein Herz schlug heftig. Es war wieder Leben in seine froststarren Glieder gekommen. Behende glitt er an den aufeinandergedrängten Gestalten vorbei und fühlte auf einmal Raum und Wärme. Er lugte spähend nach dem betreßten Portier, duckte sich noch mehr zusammen, hielt den Atem an, arbeitete sich an der Wand entlang.

Im selben Augenblick aber stockte die Bewegung des Menschentrupps. Er zerteilte sich und jäh brachen die Reden ab. Durch eine glotzende Gaffergasse hastete der Portier mit steinernem, finster drohendem Gesicht auf ihn zu.

»Was suchen Sie denn da? – He! Sie! Sie!« schrie der Türhüter. Karl Pruvik zog wie ein gezüchtigter Hund die Schultern hoch und verbarg den Kopf völlig in seiner schlotternden Brust.

»Was Sie wollen, frag ich!« bellte der Portier hinter ihm und packte ihn heftig am Arm, riß ihn zurück. Ohne Wort und ohne Abwehr ließ sich der Eingedrungene von dem belfernden Türhüter und zwei inzwischen herbeigeeilten Logendienern ins Freie schieben. »Hm, so was? – Sich ins Theater einzuschleichen!« sagte jemand von den Stehengebliebenen und schüttelte den Kopf. Der ins Stocken geratene Menschenhaufen bekam wieder Bewegung und drängte sich durch den Ausgang. Die Tore schlossen sich finster. Schwätzend trabten die letzten Paare vorüber.

Karl Pruvik stand zögernd und benommen im glitzernden Schneegeflock. Einen Augenblick hatte es den Anschein, als straffe sich sein Körper, als hole er zu einem Satz aus und wolle in die vorbeigleitenden duftenden, rauschenden, geschwätzigen Menschen springen, aber schließlich torkelte er doch über die verschneite Freitreppe hinunter und bog in die Seitengasse ein, die vom Theaterplatz abzweigte. Ein letztes Auto surrte weg. Die Stimmen verloren sich in der Ferne. Die erleichternde Helligkeit, die die Beleuchtung des Theaterplatzes nach allen Seiten hin verbreitet hatte, verlosch lautlos. Es war wieder ringsherum die fahle, unwirkliche Düsternis der Winternacht. –

Karl Pruvik hob den Kopf hilflos. Eine knappe Wurfweite vor ihm ragte etwas Schwarzes aus dem Schnee und bewegte sich wie schwebend von der Stelle. Willenlos und ohne Grund folgte er der Erscheinung.

Lange ging er so.

Es mußte schon tief nach Mitternacht sein. Trist gähnten die menschenleeren Straßen und Plätze.

Man stand am Rande des Stadtparkes. Die kerzengerade Gestalt verschwand zwischen den Bäumen. In der aufgeworfenen Bahn der Spur schritt Karl Pruvik weiter. Es war viel dunkler hier. Die schneebeladenen Baumäste lasteten schwer herab. Nur zeitweilig gab sich eine hellere, freiere Stelle, und undeutlich ließen sich eingemummte Bänke erkennen. Auf einer solchen hockte die zusammengekauerte Gestalt nun, der er die ganze Zeit gefolgt war. Stoisch ließ sich Karl Pruvik neben ihr nieder und legte wie aus einer plötzlichen Eingebung heraus seinen steifen Arm um nasse, scharfe Schultern.

Lahm schmiegten sich die beiden Körper aneinander. »Kalt«, murmelte es kaum hörbar aus dem Kopf, der haltlos auf seine Brust herabglitt.

»Kalt«, brummte Pruvik ebenso leise und schloß seine Augen. Auch sein Kopf sank herüber auf das Genick des anderen.

Kein Schnee fiel mehr. Es war seltsam –: Jetzt, da man schonungslos der Kälte ausgeliefert war, wußte man nicht mehr, war's eine rasende Hitze oder eine gänzliche Eisigkeit, was in den Gliedern brütete. Der ganze Körper hatte das Gewicht verloren. Es schien, als schwebe er durch eine unsäglich friedliche Stille … Auf einmal drückte etwas Hartes an den Arm, umklammerte, zerrte. Es schrie wie durch Nebelschwaden, dann näher. Es rüttelte stärker. Das Geschrei schwoll. Der Kopf an der Brust bewegte sich stumm. Karl Pruvik öffnete die Augen. Das grelle Licht einer Taschenlaterne stach ihm ins Gesicht, blendete, schmerzte.

»He! – He! Was ist da!!« schrie ein Schutzmann, riß erregt am Arm.

»Was ist denn das! Auf! Auf!!«

Alles tat wieder weh. Die zerfrorenen Knochen rührten sich, schmerzten, als seien sie alle einzeln abgeschlagen und bewegten sich wie in einem geplatzten Gipsverband klappernd von dannen.

Erst in der Stube der Polizeistation sah Karl Pruvik, daß noch einer neben ihm stand, genau so reglos und stumpf wie er. Auf den redeten die zwei Schutzleute ein, fragten, schrien ihn an.

Endlich nach einer Weile schritt man durch eine Tür und das Licht war aus den Augen. Die beiden lagen auf einer Pritsche, in warme Decken gewickelt. Die Glieder bewegten sich ohne Schmerz. Wärme kam langsam. Von Zeit zu Zeit berührten sich Arm oder Fuß.

Nach langer Zeit hörte Karl Pruvik wieder polternde Stimmen, und kalte Luft huschte über sein Gesicht. Die Pritsche knarrte und Schritte dumpften. Eine Tür fiel zu. Jetzt war es leer neben ihm. –

Es fiel gläseriges Tageslicht durch die vergitterte Luke, als er die Augen öffnete.

Ein etwas ins Rundliche gehender Schutzmann mit gemütlichem, wohlig gerötetem Gesicht stand vor ihm und sagte in friedlichem Baß: »Sie können sich wieder fertig machen. Es liegt nichts vor gegen Sie!«

Karl Pruvik hob seinen übermüdeten Oberkörper auf der Pritsche.

»Haben Sie denn den andern gekannt?« fragte der Schutzmann.

Pruvik schüttelte dumpf den Kopf.

»Hat ein paar Mal eingebrochen«, erzählte der Polizist beiläufig und redete weiter: »Stehn Sie dann auf und kommen Sie. Sie können wieder gehen.«

Karl Pruvik sah ihn verständnislos an.

»Eine harte Zeit jetzt – und hundekalt diesen Winter!« brummte der Schutzmann und bat Pruvik abermals aufzustehen.

Der erhob sich und ging mit ihm durch die Tür in die Polizeistube hinaus. Ein Wachtmeister saß am Tisch und hatte seine Papiere in der Hand, sah ohne Arg, beinahe mitleidig auf Pruvik.

»Sie können wieder gehen«, sagte er in dienstlichem Brustton und reichte ihm Invalidenkarte und Militärpaß.

Karl Pruvik machte keine Bewegung.

»Es liegt nichts vor gegen Sie! – Daß einer keine Bleibe hat, kann jedem einmal passieren«, sagte der Wachtmeister menschlich.

Pruvik nahm mechanisch seine Papiere.

»Grüß Gott«, sagten die beiden Polizisten und nickten dem Gehenden zu.

Einer öffnete freundlich die Tür.

Karl Pruvik ging.

Es schneite nicht mehr auf den Straßen. Das Bleich des Tages tat den Augen weh. Ein Wind hatte sich erhoben und pfiff schonungslos um die scharfen Hausriffe. Es war kalt. Es war wirklich grausam kalt…

Das Christbaumversl

Das werden viele nicht ganz genau wissen, warum eigentlich in meinem Heimatdorf Berg am Würm- oder Starnbergersee der König Ludwig II. selig so lange und so nachhaltig unvergessen geblieben ist. Sie meinen natürlich, daß das bloß daher kommt, weil wir als die Nächstbeteiligten ganz einfach eine unverwüstlich treue und anhängliche Bayernseele besitzen, aber Schnecken! Das kann nicht mehr ganz unwidersprochen bleiben. Überhaupt, es sind da so eine Masse Irrtümlichkeiten in dieser verschleierten Angelegenheit, daß das jetzt endlich einmal aufhören muß! Dem Ludwig selig seine Unvergessenheit ist zum Beispiel auch nicht davon gekommen, weil er eine beliebte Persönlichkeit und ein so wunderschöner Mensch gewesen ist. Da stimmt auch schon wieder was nicht. Es ist hinwiederum erst recht nicht wahr, daß wir an ihm bloß deswegen so hängen, weil er vielleicht mit dem hintervotzigen Gudden von den Berger Gestaden aus in die herrlichen Fluten des nächtlichen Sees gesaust ist und dort beiderseits den Tod gefunden hat, wenngleich infolgedessen von da ab bei uns ein sehr geschätzter Fremdenverkehr in Schwung gekommen ist. Ich meine, man muß da, wenn man alles anschaut, schon gerecht sein! Es muß einmal gerade herausgesagt werden, was denn eigentlich für uns Berger das Zugstück zur Verursachung einer solchen Unvergeßlichkeit gewesen ist. Nämlich eine unbekannte Frau – ich möchte aber schon bitten, daß die voreiligen Leute bei dieser ernsten Angelegenheit nicht gleich an geheime Liebesgeschichten und ähnliche Sauereien denken, die wo der Ludwig nie mögen hat, und erhebe deswegen energisch den warnenden Finger! – nämlich also diese höhergestellte Unbekannte hat anno 86 eine Stiftung gemacht, derzufolge wir Berger Kinder alle Jahre bei einer eigenen Gedenk-Christbaumfeier beschenkt wurden. Es läßt sich also denken, dass eine so mildtätige Sache auf unsere Ludwigs-Anhänglichkeit am meisten gewirkt hat. Erstens haben wir als einzige Bäckerei und Konditorei am Orte eine Unmasse Gebäck liefern müssen, zweitens hat der Metzger von Aufkirchen für die Feier korbweise Würste und Fleisch angebracht, drittens hat der Gärtner für die Ausschmückung des Saales seine Einnahme gehabt, viertens ist bei dem Wirt, wo alles stattfand, ein Geschäft gegangen, das wo sich verschiedene gewünscht hätten, und endlich fünftens hat jedes Kind zwei Paar Dünngeselchte gratis gekriegt, hernach einen vollbehangenen Christbaumzweig, außerdem ein Kleidl, ein Paar Strümpfe, Spielsachen, schöne Rosenkränze oder ein Gebetbuch, und wenn eines davon ein Gedicht aufgesagt hat, sind ihm bare 50 Pfennig stiftsgemäß ausbezahlt worden. Sowas kann man doch gewiß einen reellen Segen heißen, und wenn – was selbstredend dazugehörte – der hochwürdige Herr Pfarrer und der Bürgermeister ihre Reden, die wo alle Jahre gleich waren, mit den schönen, erhebenden Worten beendet haben: »Und so thronet seit anno 86 Seine Majestät, unser unvergessener Bayernkönig Ludwig der Zweite, im Himmel droben an der Seite Gottes und schaut heute mit besonderer Liebe auf uns Berger und auf euch Kinder herab, denen er das Christkind geschickt hat, auf daß wir einstimmen – Seine Majestät, König Ludwig der Zweite, er lebe hoch! Hoch! Hoch!«, da war natürlicherweise kein Auge nicht trocken, und jeder hat »Hoch!« geschrien, daß der ganze Saal gezittert hat.

Jetzt muß ich aber doch zu der schönen Geschichte kommen, die wo meinem Bruder Lenz und mir einmal bei so einer Christbaumfeier passiert ist und welche eigentlich der Ausgangspunkt meiner sinnigen Ausführungen gewesen ist. Als Berger hat uns der Lehrer natürlicherweise auch immer angehalten, wir sollten ein Gedicht aufsagen dortselbst. Aber das Fufzgerl hätten wir schon gern mögen, hingegen das Aufsagen nicht, weil uns das Auswendiglernen so zuwider gewesen ist. Infolgedessen haben wir, wenn der Lehrer streng gefragt hat: »Na, ihr Grafs seid wohl wieder zu faul zum Lernen! Schämt euch! Graf Lorenz, Graf Oskar? Will einer von euch ein Gedicht lernen?«, immer darauf geantwortet: »Wir müssen zuviel arbeiten, Herr Lehrer. Unser Vater hat gesagt, mir haben keine Zeit nicht.«

»Jaja, das kennt man schon! Setzt euch, ihr Faulpelze!« hat alsdann der Lehrer geschimpft und ein rechtes Gesicht gemacht. Das ist auch nicht schön gewesen.

Einmal aber, wie uns der Lehrer wieder geschimpft hat, sag ich zu ihm: »Herr Lehrer, ich möcht schon ein Gedicht aufsagen, aber mein Bruder Lorenz muß mitreden.«

»Mitreden? ... Wie meinst du denn das?« hat der Lehrer barsch gefragt. »Wollt ihr vielleicht alle zwei miteinander ein Gedicht aufsagen?«

»Ja«, habe ich schüchtern gesagt und bin rot geworden.

»Gut, meinetwegen! Dann müßt ihr halt miteinander eins lernen und es zu zweit sagen, meinetwegen!« drauf der Lehrer: »Setz dich!« Auf das hin hat er uns in die Vortragsliste zur Christbaumfeier in Berg eingeschrieben. Es ist noch eine ganze Woche hingewesen. Mein Bruder Lenz hat mir ewig gesagt: »Du damischa Hund, du damischa! ... I lern nix!« und ist mir stockfeind gewesen. Hinwiederum aber, wie ich geweint habe, hat der Vater gefragt, warum? Und da habe ich es ihm gesagt, weil ich nicht mehr gewußt habe, wie ich den Lenz dazu bringen könnte.

Der Lenz hat gejammert: »I konn gor nix auswendi lerna! I mog it ... I scheiß auf dös Fufzgerl!«

Mein Vater aber war kurz bei der Hand und hat gesagt: »Ah, do werds awai Gschichtn macha ... Do sogts einfach a Versl, dös wosds scho kinnts! Aus!«

Also gut, die Woche ist verstrichen, der Lehrer hat uns am Christbaumfeiertag noch kurz gefragt, ob wir unser Gedicht auch können und wir haben »Ja« gesagt.

Die damalige Christbaumfeier war schon ganz was Besonderes, denn um dieselbige Zeit haben wir einen Hilfslehrer gehabt, der wo ein sehr großer König-Ludwig-Verehrer war. Der hat der Heinzeller-Marie eigens ein Gedicht gemacht, und dieses hat ihm alsdann die Strafversetzung eingetragen, weil es – wie die Leute gesagt haben – gegen den Prinzregent Luitpold gegangen ist, und weil ein Verräter den kühnen Dichter bei einer höheren Stelle deswegen angeschwärzt hat. Die Heinzeller-Marie ist vor uns gekommen, und das war ihr Gedicht:

»Kennst du das Land, wo König Ludwig lebte?
Im dunklen See sein edler Geist entschwebte?
Berg und das Bayernvolk ihm ewige Treue schwor,
denn er allein führt uns zum Licht empor!
Uns schwebt ein hehres Bild voran, umkränzt von Edelweiß,
und ewig flüstert eine Stimme leis:
›Er lebt noch heut trotz Monument und Kränze,
nun zählt er heute zirka 61 Lenze.‹
Der wahren Liebe bleibet nichts verborgen,
Drum weinet nicht und wartet auf den treuen Ludwig,
bald schlägt die Stund und bald der wahre Bayernmorgen,
wo überall im Lande lacht das freudge Königsglück!«

Ich muß schon sagen, daß das eine furchtbare Begeisterung hervorgerufen hat, und da hat sich wieder einmal deutlich gezeigt, was ich am Anfang ausgeführt habe und was ein echtes Bayernherz ist. Der Hofgärtner und der Schloßverwalter, die haben zu munkeln angefangen. Natürlicherweis, sie haben ja von demselbigen Prinzregenten Luitpold ihre

Gehälter gekriegt, und da mußten sie das Maul nach dem Wind drehen, aber der Benglferdl hat ganz recht gehabt, wie er geschrien hat: »Wohr is's scho, aba sogn soit mas net... Der Ludwigl lebt heunt nu... Dö Schlawina sogns bloß it, wo er is!«

Es war schon direkt rebellisch, aber jetzt hat der Lehrer uns aufgerufen, und da ist es wieder ruhig geworden. Mein Bruder Lenz und ich sind auf das Podium zugegangen, hinaufgestiegen, geschnauft haben wir vor lauter Aufregung, und endlich habe ich angefangen: »Ich hatt einen Kameraden...« Mein Bruder aber hat erst bei der zweiten Zeile mitgeredet und auf einmal zu singen angefangen: »Einen bessern findst du nicht!« Und das hat mich und ihn drausgebracht, wir haben gestottert, alsdann haben alle zu lachen angefangen, und der damische Lehrer hat uns gewinkt, wir sollen schauen, daß wir herunterkommen. Das war alles.

Ein Fufzgerl haben wir nicht bekommen, und der Lehrer hat uns wiederum »Faulpelze« geheißen, aber das Rebellische hat sich auf unseren Vortrag hin ganz und gar gelegt gehabt.

Raskolnikow auf dem Lande

Es war lang vor dem Krieg an einem klaren Wintertag, ungefähr drei Wochen vor Weihnachten. Die alte Weberzenzl saß am Fenster ihrer nicht sehr warm geheizten Stube im Gemeindehaus und strickte. Beim Zeiselberger drüben riß der Hund an der klirrenden Kette und bellte abermals laut auf. Die Zenzl hielt inne, schob ihr Augenglas in die Stirn, machte einen raschen Wischer über die feuchte Fensterscheibe und lugte hinaus. Aus der dampfenden Zeiselbergertüre kam der Mesner und Gemeindediener Bachl, welcher für die Christbaumfeier der armen Schulkinder einzusammeln hatte, stapfte durch das verschneite Vorgärtl und kam auf die Straße. Dort traf er den Neuchlknecht, der noch schnell vor der Brotzeit der Zenzl seine zerrissenen Socken zum Dranstricken bringen wollte. »No Hansirgl, wos is's? … Gibst mir net aa wos für d' Kinderchristlbaamfeir? … Tuast a guats Werk!« fragte der Mesner und lachte ein wenig.

»I? … Wenn i wos hätt, scho! … Gibt vielleicht mir oana wos?« hörte die Zenzl den Knecht antworten, ließ ihr Augenglas wieder herabfallen und fingerte alsdann viel emsiger an ihrem Strumpf. Ihr vielfaltiges Gesicht wurde im Nu wehleidig, so merkwürdig wehleidig, als ob sie jemand furchtbar beleidigt hätte. Sie schaute nicht mehr auf, bis die zwei Mannsbilder vor ihr in der Stube standen. »Grüaß Good, Zenzl, da Sammla kimmt!«, sagte der Mesner als erster, und der Knecht grüßte ebenfalls. »Grüaß Good«, antwortete die Gemeindehäuslerin mit ihrer zerknitterten Stimme und jammerte mürrisch: »Machts no grod d'Tür zua! ... I hob a so kaam nu a Holz zum Einhoazn! ... Wos wollts denn? ...«

»Gibst mir net aa a bißl wos für die arma Kinda zu der Christbaamfeir, Zenzl?« fragte der Mesner gewohntermaßen und ein wenig förmlich. Das hatte eine eigentümliche Wirkung. Der Zenzl ihr Gesicht zerfiel schier vor Schmerzlichkeit, und ihre alten, verfurchten Hände begannen zu zittern. Sie schaute auf den Mesner wie auf einen Menschen, der ihr gerade das Todesurteil vorgelesen hatte. »I? ... Ja, ja! ... Um Gotts willn, wia konnst denn jetz do zu mir kemma, ums Himmls willen! ... I hob doch selm nix ois lautern Not hintn und vorn!« fing sie zu jammern an. »Waar a jeds so arm wia i und kriagert wos! ... Ja ja! Z-zt! Jetz werds oiwai nu bessa! ... Jetz fangas bei mir s Bettln o! ... Jetz kimmt er zu mir und will wos! ... Ja ja! ... Is ja doch scho dengerscht ganz aus! ...« stöhnte sie bitterlich und war dem Weinen nahe, daß dem Mesner schier selber das Mitleid aufstieg.

»No ja! ... I muaß hoit umananda frogn!« entschuldigte er sich. »Do brauchst doch net glei so winseln ...«

»Is ja wohr aa! ... Wia ma si nu net schaamt! ... Zu aran so an notign Leit gehn und für d Kinda sammln!« grantelte die Zenzl und fragte den Neuchlknecht: »Und wos willst denn du?«

»Socka hätt i wieda zum Drostricka, Zenzl, aba vor Weihnachtn brauchert i s nu«, gab ihr der zurück und packte aus. Die Gemeindehäuslerin musterte sie flüchtig und seufzte: »Do derf i wieda hinarbatn guate vierzehn Tog und verdian sovui, daß i mir mit knappa Not zwoa Gschirrl Milli kaafa ko!«

»Also nacha is's nix mit ara kloana Spend, Zenzl? ...« sagte der Mesner mehr witzhalber und lachte ein wenig. Das brachte die Gemeindehäuslerin ganz zur Verzweiflung. Die zerrissenen Socken vom Neuchlknecht entglitten ihr, und noch mehr lamentierte sie: »Wenn i dirs doch scho gsogt hob! ... I hob doch net sovui wia Schwarzs untern Nogl! ... Dös woaß doch a jeda! ... Schaama si denn d' Leit gor id, daß di zu mir schicka! ...«

»Ja ja, Zenzl! ... Sei nu stad! I geh ja scho! ... Tua nu net so schiach!« tröstete sie der Mesner gemütlich und wandte sich zum Gehen. Scheinbar hatte er sich bloß wärmen wollen und wartete auf den Neuchlknecht, der jetzt noch einmal fragte, ob er seine Socken auch gewiß vor Weihnachten noch kriegen würde.

»Ja ja, kriagst ös scho! ... Geh nu zua! ... Net daß zwoamoi d' Tür aufgrissn werd und Kältn reinkimmt! ... Kriagst es scho, deine lumpertn Socka!« rief die Zenzl, und die zwei gingen aus der Stube. Erst als sie auf der Straße draußen auseinandergingen, bekam die Gemeindehäuslerin ein ruhigeres Gesicht und schnaufte hörbar auf. Sie lugte noch einmal durchs Fenster und fing wieder zu stricken an. »Hm hm! ... Hm hm!« machte sie ein ums andere Mal und gewann erst nach und nach ihre alte Gleichmäßigkeit. Um etwas angehalten werden, etwas hergeben müssen, das war für sie das Allerärgste auf der ganzen Welt.

Wohnt man vielleicht aus reiner Gaudi bettelarm im Gemeindehaus? Schaut so wie sie etwa jemand aus, der Geld hatte? Schlug sich hinwiederum ein einigermaßen vermöglicher Mensch derartig kümmerlich durchs langsam auslöschende Leben? Mit Strumpfstopfen und Flicken im Winter, mit Kinderaufpassen zur Erntezeit und mit Prügelhacken im Herbst? –

Wem bloß immer diese boshafte Idee kam, den Mesner zur Christbaumfeiersammlung auch zu ihr zu schicken!

Die Zenzl wurde im Laufe des Nachdenkens immer verbitterter, in förmliche Wut geriet sie.

Es wurde langsam dunkel draußen. Die Schulkinder lärmten vorbei. Die Pendeluhr an der Wand schlug gemächlich vier. Das Feuer im Ofen glomm nur noch ganz schwach, kalt war es. Die Zenzl erhob sich bockstarr aus ihrem Sorgenstuhl und wollte nachlegen. So im Dahinwatscheln streifte sie an das Bett und blieb auf einmal erschrocken stehen. Sie hielt das Schnaufen an. Sie lauschte und griff hastig unter das bergige Kopfkissen, tief, bis zur Matratze hinab. Ja, Gott sei Dank, die zwei prallgefüllten Strümpfe waren noch da. Schnell zog sie ihren Arm wieder heraus und schaute wie ein Dieb rundherum. Der Mesner hatte doch so ein mißtrauisches Geschau gehabt. Und warum fragte er denn zweimal? Zweimal!

Und alle zwei, er und der Neuchl-Hansirgl, waren doch direkt am Bett gestanden. Die Zenzl stand eine Zeitlang sehr nachdenklich da, das Gesicht voller Sorge. Sie seufzte endlich, ging ganz an den Ofen, kniete sich hin und versuchte das Feuer wieder anzumachen. »Dö Lackln! ... Dö Saulackln!« brümmelte sie ab und zu kopfschüttelnd, und wahrscheinlich dachte sie, man sollte überhaupt keinen Menschen in die Stube lassen. Sie legte dürre Reiser auf die Glut und blies immerzu. Endlich flammte das Feuer wieder. Sie schloß das Ofentürl, stand auf und hockte sich auf das Bett. Immer wieder schüttelte sie den alten Kopf. Griesgrämig schaute sie drein. Es war jetzt schon ganz dunkel in der Stube.

Sie hörte Schritte draußen im Schnee, und dann ging die Haustüre. Sie ärgerte sich, daß sie das Zuriegeln vergessen hatte, und – weiß Gott aus welchem Grund – auf einmal durchfuhr sie ein lähmender Schreck. Sie war nicht imstande aufzustehen. Hocken blieb sie auf ihrem Bett, fest darauf hocken wie eine zentnerschwere Last.

»Zenzl! Zenzl!« rief in dem Augenblick die Hofbauerngretl im dunklen Gang und tastete an der Türe herum. »Zenzl? Bist it do? ... D'Milli hob i!« – »Ja ja! Ja!« krähte die Gemeindehäuslerin und kam zu sich. Rasch schwang sie sich vom Bett und machte die Tür auf: »Wart! ... Bleib steh! ... Glei mach i a Liacht!« Wie ein plumpes, spärlich vom Feuer überhuschtes Gespenst stand sie vor der Kleinen, watschelte zum Tisch und zündete die Petroleumlampe an.

»Braucherst di net oiwai so reinschleicha, daß ma di kaam härt!« brümmelte sie das Mädchen an, als sie die Milch ausgoß.

»Aba heunt bist grantig! ... Wos host denn, Zenzl?« fragte die Gretl, aber die Alte gab ihr nicht weiter an, ging hinter ihr her und riegelte sorgfältig die Haus- und Stubentüre zu.

Mit schweren Schritten hockte sie sich endlich an den Tisch und schlurfte ihren Feierabendkaffee hinunter. Er schmeckte ihr gar nicht. Immer wieder, immer wieder ließ sie den Löffel aus und kam ins Nachdenken. Auf einmal fiel ihr ein, daß sie die Fensterläden noch nicht zugemacht hatte, und abermals ärgerte sie sich. Ganz durcheinander war sie heute. Sie stand auf, riegelte die Stubentür auf, tappte durch den dunklen Gang, riegelte die Haustür auf, watete durch den Schnee und schloß die Läden, kam endlich wieder zurück in die Stube und zog dieselben fest zu. Eine Zeitlang horchte sie noch und wurde schließlich ruhiger. Sie schob den halb ausgetrunkenen Kaffee beiseite, horchte noch einmal, ging förmlich schleichend ans Bett und zog die zwei vollen Strümpfe heraus. Da fing gerade das Gebetläuten an. Sie erschrak so, daß ihr der Schatz aus den Händen fiel. Sie warf sich gleichsam auf den Boden und spannte schützend die ausgespreizten Hände über das Geld. Ihr Herz schlug ganz laut, das Blut stockte und jagte dann wieder, das Schnaufen hatte es ihr verschlagen, als sie nach einer Weile merkte, daß ein Strumpf geplatzt war. Das schöne Silber- und Goldgeld war auseinandergerollt. Da und dort, in den fernsten Winkeln lagen die Taler und Goldstücke. Ganz schwindlig war sie vor Entsetzen und richtete sich endlich ächzend auf. Die Hängelampe herabzunehmen, das war zu gefährlich. Ein kleiner Flammenzüngler – und alles brannte lichterloh. Sie holte das geweihte Wachsstück aus ihrem Nachtkasten, zündete es an und stellte es weitab vom Bett auf den Boden. Dann fing sie zu suchen an. Sie kroch unters Bett, griff zitternd herum. Sie schloff herum wie ein mächtiger Maulwurf, überallhin, in die Ecken, in die Nischen, bis lang nach Mitternacht. Einen neuen Strumpf hatte sie genommen und füllte das Geld sorgfältig in diesen.

Schwitzend und keuchend hockte sie nach dieser Arbeit am Tisch im eiskalten Zimmer. Nicht wie sonst zählte sie ihr Geld. Es steckte wieder tief in den Kissen. Wie aufgerieben saß sie da, völlig zerknirscht, angstmüd und verwirrt von der Aufregung.

Warum hatte sie auch nach dem Ableben ihres Mannes, vor jetzt zehn Jahren, ihr Gütl verkauft? Seitdem war es aus mit ihrer Ruhe. Immer mit diesem Geld, mit diesem nichtsigen Geld!

Aber sie war fromm, die Zenzl, sehr fromm. Der hochwürdige Pfarrer hatte ihr dazumal zum Verkauf geraten, und gesagt hatte er selbiges Mal, gesagt mit jener schlichten Würde, die so ein Seelsorgerberuf mit sich bringt: »Freili, freili, Weberin! Jetzt bist dreiundsechzig Jahr alt!... Denk dran! Wenns langsam der Erdn zuageht, soll man seine Tag in stiller Andacht für ünsern Herrgott zuabringa...« Und die Zenzl gab ihm auf das hin zur Antwort: »No jo, Hochwürdn!... Und wenn i amoi in d' Ewigkeit muaß, nachha ghärt mei bißl Geld der Kirch...« Selbstredend freut sich da ein Pfarrer immer. Er schaut natürlicherweise auch darauf, daß so ein Erblasser nicht mehr gar zuviel Geld verbraucht, und darum riet er der Zenzl, sie solle sich im Gemeindehaus einmieten, weil es da am billigsten sei. Für Sparsamkeit hat die Zenzl immer sehr viel übrig gehabt und ist also ins Gemeindehaus gezogen. Jetzt war sie dreiundsiebzig. Lang konnte sie unser Herrgott doch nimmer in dieser Erdenpein leiden lassen.

Sie war nach solchen Gedanken wieder friedlicher, nahm ihren Rosenkranz zwischen die verwutzelten Finger und betete wie gewöhnlich die zwölf Vaterunser, die der »dritte Orden« vorschreibt. Dann ging sie endlich ins Bett.

Gleich morgen in der Früh such ich noch mal, sagte sie sich, an das herumgerollte Geld denkend, und zog die Decke bis zum Hals hinauf.

»Dö Hammin! ... Dö Saulackln! ... Wenn mir nu amoi koa Mensch mehr in mei Stubn kemma tat!« schimpfte sie brummend, als ihr der Mesner und der Neuchlknecht in den Sinn kamen, und kurz bevor sie die Augen schloß, erinnerte sie sich wieder an den guten Ausspruch, den damals der hochwürdige Herr Pfarrer getan hatte, als sie ihm ihr Geld für die Kirche versprach.

»Dös bringt dir im Himmi a schöns, warms Platzl, Weberin«, klangs ihr jetzt noch in den Ohren. Jetzt, nach zehn Jahren!

»Freili, freili! ... Und do werd i mei Geld für d' Christbaamfeirn hergebn! ... Freili, freili! ... Do gib is doch liaba für ünsern Herrgott her! ... Do woaß i doch, daß i wos davo hob«, brümmelte sie schier wieder ganz behaglich, und die Augen fielen ihr zu ... [...]

Am anderen Tag, als die Hofbauerngretl die Milch bringen wollte, gab niemand an im Gemeindehaus. Alles blieb tot und still. Als schon der geschlagene Tag heraufgekommen war, sahen die Nachbarn noch immer die geschlossenen Läden. Die Zenzl lag wie lahm im Bett, hatte den Rosenkranz um ihre faltigen Hände gewickelt und gab nicht an.

»Herrgott, sie is doch krank!«, brummte der Zeiselberger, und man brach ins Haus. Zeiselberger, Neuchl, Zeiselbergerin und der Gemeindediener Bachl blieben fast erschrocken stehen, als sie in den Raum schauten. Noch immer brannte das Petroleumlicht, und droben an der Decke war ein großer Rußflecken. »Ja, ja, Zenzl« rief der Zeiselberger endlich mannhaft und trat in die Stube. Das gab auch den anderen sozusagen die Schneid wieder. Die Zeiselbergerin machte die Läden auf. Die Zenzl schaute die drei Männer mit ohnmächtigen Augen an und brümmelte endlich: »I – i bin krank, ja – i bin krank! Holts an Hochwürdinga Herrn Pfarrer!«

Ganz irr, ganz wehrlos schaute sie drein, wie schon halb in der anderen Welt.

»Is's dir denn so schlecht? ... Hot dis Wetta packt, Zenzl?« fragte die Zeiselbergerin. Die Männer machten eigentlich Gesichter, als seien sie hier überflüssig. Man sah es ihnen an, sie hatten so weit ihre Pflicht und Schuldigkeit getan. Es vergingen einige schweigsame Sekunden. Auf einmal aber wurde die Zenzl wieder lebendig und richtete sich im Bett auf. Auf einmal streckte sie die eine Hand wie abwehrend, wie in plötzlicher Angst aus und sagte hastig: »Nana, i gspür eigentli gor nix! ... Nana ... aber holts mir doch an Hochwürdinga

Herrn Pfarrer«, und sie machte ganz die Anstalten, als wollte sie aus dem Bett. Fast höhnisch setzte sie hinzu: »Nana, d' Weberzenzl mog no net sterbn! ... Mir fehlt weiter gor nix!« – »No ja, a bißl noß werst hoit wordn sei, und verkält werst di hobn ... Der Hochwürding Herr Pfarrer konn ja gholt werdn, wennst moanst«, gab ihr die Zeiselbergerin zurück, und der Gemeindediener Bachl meinte nebenbei, er käme ja sowieso heute nach Bergwang hinauf und würde es dem Pfarrer sagen. Darauf sagte die Zeiselbergerin schon beruhigt: »No ja, wenn's net so arg is ... I geh scho hin und do wieder rum und schaug noch, Zenzl, gell ...«

Und alle vier wandten sich zum Gehen.

»Aba d'Schlösser machts mir wieder, gell! ... Dö müassn hergricht werdn!« rief ihnen die Zenzl nach, und »Jaja« meinten die Davongehenden, der Schmied käme dann schon. –

Als sie draußen waren, schwang sich die Zenzl wie neugestärkt aus dem Bett und war auch schon fertig angezogen, als der Schmied Banzer zum Schloßrichten kam. Sie zumpelte bloß etwas sonderbar herum und hockte nicht wie sonst nähend an ihrem vorderen Fenster. Nachdem der Banzer fertig war, probierte sie die Schlüssel und war zufrieden. »Ja ja, is s scho guat ... is s scho guat!«, sagte sie und meinte, das Geld sollte er sich nur vom Zeiselberger oder vom Bürgermeister zahlen lassen, sie habe nicht gesagt, man sollte ihre Türen einfach aufsprengen.

»Ja ja, Zenzl, ja ja ... Dös kriagn mir scho ... Do brauchst di net z kümmern!« meinte der Banzer gutmütig und ging. Die Zenzl verfiel in ein hartes

Husten. Ihr Körper schlotterte jetzt. Ihr Magen rumorte. Sie legte sich doch wieder ins Bett. Der Pfarrer traf sie wieder rosenkranzbetend an. Ihr Gesicht schaute zerfallen aus. »Hochwürden, i kunnt eigentli net klogn ... nana ... In d' Ewigkeit gehts no net ... nana, Hochwürdign ... Bloß a bißl anderst is mir« wehrte sie alle Besorgnisse des geistlichen Herrn ab. Aber weil dieser schon einmal da war, meinte sie, beichten könnte sie auf alle Fälle.

»Und morgn kimm i zur Speisung«, meinte der geistliche Herr.

»Ja ja ... ja, Hochwürdn! ... Schodn tuats nia net, ja ja«, stimmte die Zenzl zu und schloß: »A oits Leit löscht oft aus wia a Liacht ... Besser is besser!« Der Pfarrer war mit dieser vorsorglichen, frommen Pflichttreue vollauf zufrieden und versprach, morgen mit dem Leib des Herrn zu kommen.

»Und – und Hochwürdn, Hochwürdn ... dös Platzl drobn ... in der Ewigkeit, gellns, dös – dös bleibt mir, gellns?« erkundigte sich die Zenzl recht sonderbar und fast ein wenig zerfahren.

»Jaaa – ja, Zenzl, jaaa, das bleibt dir ... Das ist dir gewiß ... Wer sei irdisch Hab und Guat der Kirch gibt und wer a so gottseli lebt ois wie du, der derf fest drauf hoffa!« antwortete der Geistliche mit seiner beruhigenden Würde. – Die Zeiselbergerin hätte eigentlich gar nicht zu kommen brauchen, denn die Zenzl krauchte schon wieder selber in der Stube herum. Freilich nicht mehr fest und gesund. Am andern Tag richtete die Zenzl nach der Speisung abermals die Frage an den Pfarrer, ob ihr in der Ewigkeit das »Platzl« sicher sei, und erhielt wiederum die priesterliche Bestätigung.

Acht Tage vergingen. Nichts Auffälliges ereignete sich im Gemeindehaus. Bloß ins Hochamt am Sonntag konnte die Zenzl nicht mehr kommen. Es war ja auch dichter Schnee gefallen.

Am zehnten Tag fand man, nach abermaligem Erbrechen der Türen, die Zenzl tot im Bett. Starr, eingefallen und gelb war ihr Gesicht. Nur um den Mund war ein fast boshafter Zug.

Die Neuhäuslerleute kamen ins Gemeindehaus nach Löffelberg. Sie standen um das Bett wie alle sonstigen Leute und beteten. Die Totenfrau hatte alles sehr schön gemacht. Dann kam der Totenwagen mit dem Pfarrer und den Ministranten, und kurz darauf bewegte sich der traurige Zug die Bergwanger Anhöhe hinauf.

Fast üppig wurde die Weberzenzl im Leichenhaus aufgebahrt. Das gab Anlaß zu allerhand Gemunkel, denn bei einer Gemeindehäuslerin war man das nicht gewohnt. Besonders wichtig hatte es der Pfarrer, und es hieß, die Zenzl würde »erster Klasse« begraben.

»Hm ... Jetz geht mir a Liacht auf!«, meinte der Zeiselberger dem Hofbauern gegenüber, »jetz spann ichs ... I moan oiwai, do ziagt d'Kirch wieder amoi an saftign Profit ...«

»Ja, dös sell is gwiß ... Und mit der Zenzl ihrern Notigsein is s aa lauter Schwindl gwesn!«, warf der Hofbauer im Heimgehen hin.

Der Zeiselberger und der Neuchl schüttelten bloß die alten Köpfe und brummten fast zugleich: »Hm – hm ... So gehts! ... D Kirch is a guata Geschäftsmo ...! Alles, was sie sagten, stimmte. Die Neuhäuslerleute machten nicht wenig lange Gesichter, als ihnen der Pfarrer der Zenzl ihr Testament eröffnete und dabei sagte: »Für alles kommt die Kirch auf, liebe Neuhäuslerleute ... Na – na, wer sein ganzes irdisches Gut einem solchen guten Zweck hinterlaßt, kann auch alle Ehren von der Kirch haben.«

Sie sagten nichts, die Neuhäuslerleute. Sie stummten den Geistlichen bloß an, und das nicht gerade gut freundlich.

Der Pfarrer roch ihre stumme Feindschaft und meinte, nun ja, was die Zenzl sonst an Möbeln und Wäsche hinterlassen habe, wolle er ihnen nicht vorenthalten, das Geld aber sei »stiftgemäß« der Pfarrei gehörig. Und gleich gingen sie ins Gemeindehaus hinunter, nach Löffelberg. Die Leute schauten sonderbar neugierig durch die Fenster, als sie die Vorübergehenden bemerkten.

Ich verlasse mich auf den Neuhäusler, der mir die Szene im Gemeindehaus gewiß zwanzigmal erzählt hat. Er ist keiner, der lang herumredet oder gar lügt. »In der Zenzl ihrerner Kammer«, hat er jedesmal begonnen, »hat der Herr Pfarrer umeinander gesucht wie ein Gendarm ... Zuerst in allen Schubladen, nachher im Kleiderkasten, sogar die Röcke und Gspensersäck hat er ausgriffen und ist allweil komischer worden, weils kein Geld hergangen ist ... Und nachher ist er aufs Bett hin und hat das Wühlen angefangt und hat die Geldstrümpf rauszogen und war, wie er da alert worden ist! ... Schier hat man gmeint, es gibt für einen solchern geistlichen Herrn gar kein Herrgott, bloß dös Geld von der Zenzl ... Ich habe eine Wut kriegt! ... G'ekelt hat's mich fast, aber nachher, mein Lieber, nachher, wie nichts rauskommen ist aus die Strümpf als wie Steiner, da hab ich hell auflachen müssen ... Nimmer hab ich mich halten können, weil er gar so gierig gewesen ist, der feine Hochwürden ... Und denkt hab i mir, grad recht geschiechts ihm und ünser Herrgott is doch wieder ein rechter Mann ... Er richt'ts ein, wies ihm paßt!«

Dieses Lachen aber kam ihm teuer zu stehen, dem Neuhäusler.

»Tja – tja!« stotterte der Pfarrer ganz konsterniert beim Anblick der Steine, »tja, da – da ist wer drangewesen ... Das hat wer raus! ... Und – und jetzt müßts schon die Beerdigungskosten und die verschiedenen Messen selber zahlen, Neuhäusler ... Die Kirch ist arm in Gott dem Herrn ... Das kanns nicht machen!« Und weil der Neuhäusler daraufhin seine ganze Wut laufen ließ, war es ein armseliges Begräbnis, das von der Weberzenzl. Notgedrungen nämlich, weil sich der Bauer fest und steif weigerte, auch nur einen Pfennig zu zahlen, mußte die Pfarrei dafür aufkommen.

Seit dieser Zeit hat in der Pfarrei Bergwang der Respekt vor der christkatholischen Kirche arg nachgelassen, und die Jungen glauben schon fast gar nichts mehr. Heute noch erzählt man die Geschichte von der »ausgeschmierten Kirch« in dieser Gegend mit schmunzelndem Wohlgefallen.

Indessen, ich habe der Geschichte etwas vorgegriffen. Teuer zu stehen kam das Lachen dem Neuhäusler deshalb, weil der Pfarrer ihn anzeigte unter der Vorgabe, kein anderer als der Bauer habe sich das Geld angeeignet. Die ganze schäbige Anschuldigung brach ja schließlich in sich zusammen, aber es blieb – wie man sich auszudrücken pflegt – doch ein schiefer Schatten von verschwiegenem Verdacht auf dem Neuhäusler. Nicht und nicht wollte das Gerede aufhören, ewig nicht.

Hinwiederum – es heißt nicht umsonst: »Unerforschlich sind des Schicksals Wege.« Lang freilich, sehr lang gehts oft her.

Der Februar

Er kommt, ganz Winter noch, aus Januar-
    frösten
zu uns, und nichts verrät den Übergang.
Er kommt mit bunten, lauten Faschingsfesten
und überlässt sich schon am ersten besten,
erwärmten Tag dem wilden Frühlingsdrang.

Noch in der Frühe stehn mit Rauhreifbärten
die Bäume da, wenn sacht der Nebel steigt.
Und wir erspähn, dass sich im unversehrten,
geflockten Schnee ein scheuer Hase zeigt.

Der Tag enthüllt sich. Alles ist wie immer:
Das letzte dünne Eis säumt noch den Baches-
    rand
und Sonne gibt der Luft den klaren Schimmer,
der stumm die weissen Flächen überspannt.

Die Häuser, welche fern die Stadt begrenzen,
sind nah gedrückt und scharf ins Blau gezackt,
und ihre sonst so trüben Fenster glänzen.
Die Rehspur hat sich bis zum Zaun gewagt.

So innig eint das Ferne und das Nächste
allein der Februar in unserm Blick.
Erst dieser kurzbemessene und schwächste
der Monate schenkt uns dies Augenglück.

Alltag und Feste

Und es war Samstag. Es war eine dunkle Nacht. Längst war wieder der Winter mit viel Schnee hereingebrochen. Meterhoch überweht lagen die Straßen und Flächen. Eine grimmige Kälte herrschte.

In der warmen, hellerleuchteten Nähstube der Kathl ging es sehr lebhaft zu. Wir alle saßen teils auf dem Boden, teils auf den Stühlen in gedrängtem Kreis um unsere ältere Schwester Theres, die in einem ausgeschnittenen blaßblauen Ballkleid in der Mitte stand. Eifrig zupfte und steckte die Kathl an ihr herum, zog da einen Faden heraus und machte dort noch einen flinken Nadelstich. Die Emma hatte Spiegel und Kamm in der Hand und richtete der Theres die Lockenfrisur.

Wie schön ist doch ein aufgeblühtes, festlich geschmücktes Mädchen, wenn es zum erstenmal voll Neugier und pochender Erwartung auf den Ball geht.

»Ah! Ahah … Ahah!« stießen wir immer wieder bewundernd heraus und konnten unsere Begeisterung kaum mehr bezähmen. Wir schauten auf die strahlende, bezaubernde Erscheinung und konnten zuweilen gar nicht mehr fassen, daß dies unsere

Schwester Theres sei. Dabei entging uns nichts. Wir sahen die etwas fettig glänzenden, ungewohnt gelockten Haare, die sich seltsam verschnörkelt in der Kopfmitte als hoher, dichter Knoten emportürmten. Im gelben Licht schienen das eigensinnige Gesicht mit der etwas eckigen Stirne, der glatte runde Hals und der zart gewölbte Brustansatz frauenhaft bleich, wodurch das heftige Rot der Wangen nur um so stärker zur Geltung kam. Die ganz kurzen, reich geplusterten Ärmel saßen zierlich an der Schulter und ließen Theres viel breiter erscheinen, als sie in Wirklichkeit war. Fest schmiegte sich die glänzende Taftseide an die knospige Brust. Die starke Schnürung gab der ausladenden Hüftlinie eine kokette Form, und sehr faltenreich fiel der weite Rock bis zur Erde.

»So machts doch endlich! Machts!« rief Theres ungeduldig. Der Eugen, der aus München gekommen war, trat in die Nähstube. Der Vater schrie auf dem Hof.

Die Mutter in ihrer altbayrischen, bäuerlichen, reich mit Silberschnüren verzierten Tracht kam daher, schaute lächelnd auf Theres und trieb ebenfalls zur Abfahrt.

Die Kathl und Emma hantierten immer eiliger. Wir umschnüffelten die Theres gleichsam und wollten uns nicht losreißen von all dieser Pracht.

»Da, du mußt doch auch gut riechen!« rief Emma und schüttete Veilchenwasser auf ihre Hand, womit sie Theres Hals und Brustansatz bestrich. Endlich, endlich gab der Eugen den dicken, schweren Mantel her, Theres hüllte sich behutsam damit ein und ging, gefolgt von uns allen, in den dunklen, schneeigen Hof, wo der Vater schon auf dem Schlitten saß und den scharrenden Grauschimmel zügelte. Die zwei Schlittenlaternen blinkten, die Glöckchen am Pferdegeschirr bimmelten dünn, der Gaul griff aus, Schnee wirbelte auf, wir liefen schreiend mit, aber bald verschwand der dahinsausende Schlitten in der Dunkelheit.

Wir konnten lange nicht einschlafen und sprachen in einem fort von der Theres, die sicher heute nacht Ballkönigin werden würde. In der Frühe, als uns Mutter weckte, hatte sie ein verweintes Gesicht. Erschrocken fragten wir.

»Der Schimmel ist gerutscht und hat sich aufm Eis den Fuß abgerissen. Ist schon erstochen!« sagte sie. Tieftraurig sprangen wir aus den Betten und liefen in die Kuchl hinunter. Mit übernächtigem Gesicht saß der Vater da, schüttelte den Kopf und rief zerknirscht: »Das ist der ganze Ball nicht wert gewesen, samt dem, daß die Resl Ballkönigin worden ist!« Wir hörten es, aber es verflog gleich wieder. Wir weinten um den toten Grauschimmel, denn jedes Stück und jedes Tier im Haus gehörte ganz tief und untrennbar zu uns.

»Hmhm, bei *dem* Glatteis von der Rottmannshöh' herunter, da hat ja was schief gehen müssen! ... Der schöne Schimmel!« klagte der Vater und bekam sogar nasse Augen. Er schaute auf den Eugen, der auch nicht zu Bett gegangen war und ernst dahockte. Nur die Theres schlief, obgleich sie doch das Brot ausfahren sollte. Der Eugen ging schließlich zum Schatzl, lieh einen Gaul und tat es für sie. Daß er – der feine Herr – so wenig Stolz zeigte, freute den Vater. Als der Eugen am Abend dieses traurigen

Sonntags in die Stadt fuhr, sagte er zu ihm: »Du bist ein richtiger Mensch, Eugen! Du hast einen Geschäftsgeist und verlierst den Kopf nicht gleich, wenn auch einmal was schlecht ausschaut.«

Lange herrschte eine tiefe Niedergeschlagenheit im Haus. Unsere Mutter hatte beständig Angst, der Theres könnte mit dem geliehenen Gaul etwas passieren. Verschiedene Händler kamen und boten Pferde an, doch der Vater traute keinem. Er war gereizt, fertigte sie grob ab und schimpfte bei der geringsten Kleinigkeit. Endlich nach vierzehn Tagen fuhr er mit dem Schatzl zum Wolfratshausener Pferdemarkt, und am anderen Tag stand ein lebhafter, sehniger, kohlschwarzer Gaul in unserem Stand. Wir musterten ihn vorsichtig wie etwas ganz Fremdes. Er hatte viel Geld gekostet. »Sechshundertfünfzig Mark! Mein Gott!« seufzte die Mutter. »Es will bei uns einfach nicht abreißen! Und jetzt im Winter, wo so wenig Geld eingeht! Mein Gott, mein Gott!«

Der Vater dachte gewiß ebenso, aber er sagte nichts. Als er aus dem Stall war, besprenkelte Mutter heimlich den Stand und den Gaul mit Weihwasser. Mit leichtem Gewieher trippelte das Pferd dabei hin und her …

Die Gratulation

O du allmächtiger Herrgott, jetzt geht es schon wieder auf Weihnachten zu! Grad weglaufen tut dir die Zeit, und du merkst es kaum. Arg, sowas, arg! Voriges Jahr hat sicher jeder von uns wunder was erhofft und erwartet. Und jetzt? Was ists schon ...?

Kalt ist es draußen, schneien tut es wie immer, und du hockst am warmen Ofen wie immer. Bloß eben – es ist wieder ein Jahr zerlaufen wie nichts.

Ich weiß nicht, warum ich bei solchen Gelegenheiten jedes Mal an eine Geburtstagsgratulation denken muß, die sich in meiner Jugendzeit alljährlich wiederholte; aber ich glaube fast, sie hat eine gewisse Ähnlichkeit mit alledem.

Das war nämlich anno 1904. Ich bin damals acht Jahre alt gewesen und meine kleine Schwester Anna war sechs. Als Taufpaten haben wir die Leoniger Hotelbesitzerseheleute Oskar und Anna Strauch gehabt. Die waren ziemlich vermöglich und weitum als vornehm bekannt, was die Strauchin – sie war eine zierliche, hübsche Person – noch besonders durch ihr ständiges Elegantsein unterstrich. Für uns waren sie überhaupt die allerfeinsten Herrschaften, weil wir von ihnen meistens, wenn wir das

Brot hinausbrachten, ein Paar Regensburger oder zwanzig Pfennig geschenkt bekommen haben, weil sie hochdeutsch redeten und vor allem, weil sie unserer Meinung nach jeden Tag Sonntagsgewänder trugen. Alle Jahre am 20. Dezember war der Strauchin ihr Geburtstag, und dieser wurde von ihr stets festlich begangen. Sie war für Erkenntlichkeiten sehr empfänglich, und wegen der Verwandtschaft und weil das Hotel Leoni eine unserer besten Kundschaften war, mußten meine kleine Schwester Anna und ich ihr stets feierlich gratulieren. Meine Mutter hat zu diesem Zwecke jedes Jahr einen schönen Gockel geschlachtet, gerupft und ausgenommen, und mein Bruder Max mußte eine wunderschöne Torte machen. Alles wurde schön auf je einen Teller gelegt, mit blauen und Silberbänden verziert, in den Korb gepackt, alsdann mußten wir zwei Gratulanten unsere besten Gewänder anziehen und wurden dann endlich nach einigen Belehrungen beim Einbruch der Dunkelheit fortgeschickt. Kalt war es meistens, und an demselben Tag fiel dünner Schnee. Wir trugen den Korb sehr vorsichtig, und wenn uns zu arg fror, stellten wir ihn nieder, hoben sacht die darübergelegte Wachstuchdecke, um nachzusehen, ob auch nichts verrutscht sei, und wärmten die Hände ein wenig. Alle Jahre war das das gleiche, trotzdem aber klopfte uns jedesmal das Herz, voller Spannung waren wir, und während des Dahingehens sagten wir in einem fort den Geburtstagsvers vor uns hin, damit wir auch ja keinen Fehler machen konnten. Dieses Verslein war auch immer dasselbe und hieß kurz und bündig: »Soviel Stern am Himmel stehen, soviel Jahre sollst du noch leben.« Auf das hin kam dann die Gratulation: »Wir wünschen Ihnen Glück und Segen zum Geburtstag.« Fertig.

Ganz gleich aber, je näher wir Leoni kamen, um so aufgeregter wurden wir. »An Gockl muaßt *du* ihra gebn«, sagte meine Schwester zu mir unterhalb des Leoniger Berges.

»Na ... Is it wohr!« meinte ich. »I bin da Greßa und d'Muatta hot extra gsogt, d'Tortn muaß i ihra gebn ... Ganz gwiß!« Das ärgerte Anna.

»Is gor it wohr! D'Tortn muaß i ihra gebn ... Lüag it a so!« fing sie zu benzen an und setzte hinzu: »D'Strauchin is mei Taafpatin und it dö dei ... I gib ihra d'Tortn ...!« Das wurmte mich wieder.

»Ja, Herrgott, d'Muatta hot doch gsogt, daß's i ihra gebn muaß und du an Gockl!« schimpfte ich. »Du konnst ja übahaaps dö Tortn gor it dahebn!«

»Luagnschippi!« hieß mich Anna und fuhr bereits weinerlich fort: »I woaß 's scho, worumst du d'Tortn hihebn mächtst ...! Daß d' ma wieda ois obettln konnst, wo i kriag! ... Aba wart no! I sogs scho dahoam! ... Dös geht die übahaaps nix o, wos i mit meina Taafpatin mach! ... Du derfst ja bloß mitgeh, weil i it ois alloa datrogn ko ...!«

Wir stritten und stritten bis zum Hotel Leoni. Dort vor der Tür aber wurden wir auf einmal wieder dasig, und die Aufregung fing wieder an. Unsere Herzen trommelten schon schier, wir schluckten und wiederholten schnell noch einmal das Verslein halbwegs. In solchen Augenblicken, wo Angst und Bangen auf die Gurgel drücken, wird man plötzlich versöhnlich, und deswegen habe ich schnell noch zu meiner kleinen Schwester gesagt: »Noja, nacha gibst ihra hoit du d'Tortn! ... I nimm nacha an Gockl ... It daß hoaßt, i hob wied ois verpfuscht! ...« Und auf das hin gingen wir schlotternd vor Erwartung durch den spiegelglatt gepflasterten Hausgang bis zur Türe des prunkvollen Empfangszimmers, wo uns die Strauchin bei solchen Feierlichkeiten immer erwartete.

»Also, d'Tortn heb i hi! ... Ganz gwiß fei!« vergewisserte sich meine Schwester noch einmal flüsternd, und »Jaja« nickte ich ebenso. Währenddem aber muß eins von uns in der Aufregung geklopft haben, denn da machte die Strauchin auch schon die Türe auf und kam uns freundlich lachend entgegen. Sie hatte ein weit ausgeschnittenes starzendes Taftseidenkleid an, um ihren Hals funkelte eine Brillantenkette, und sie roch so gut wie ein ganzer Rosengarten. Das Zimmer stand voller prächtiger Zierpflanzen, und der große, gläserne Lüster strahlte direkt märchenhaft.

»Ah, das ist aber nett, daß du kommst, Annerl!« rief die Strauchin geschmeichelt und steckte uns ihre beringten Hände hin: »Grüß euch Gott, Kinder! Grüß dich Gott, Annerl! Grüß Gott, Oskar!« Das war recht dumm, denn wir konnten ihr doch die unsrigen Hände nicht geben, weil wir den Korb trugen. Wir tappten also einige Schritte weiter in das Zimmer, die Strauchin machte die Türe zu und kam wieder auf uns zu. Uns wars schon zuwider. Der erste Fehler war schon gemacht, mir fiel das Herz in die Hosen, und dem Annerl wird es genau so ergangen sein, denn sie war einmal brandrot, alsdann wieder käsweiß. Ganz verwirrt stellten wir eilsam unseren Korb hin und streckten unsererseits der Patin die Hände hin. Die mußte ein wenig mehr lachen und drückte sie uns. Jetzt aber wurden wir erst recht benommen und hätten wahrscheinlich ewig so dagestanden, wenn die Strauchin, uns loslassend, nicht endlich gesagt hätte: »Na, Annerl, was bringst du mir denn Schönes mit, hm?« Das erinnerte uns alsogleich an unsere Pflicht, und wie mit falsch eingehängten Füßen tappten wir auf den Korb zu, nahmen hastig das Wachstuch herunter und griffen gleicherzeit nach dem Inhalt. Dabei aber, weil wir es so hastig und überzwerch machten, rannten wir mit den Köpfen heftig aneinander, daß es einen dumpfen Kracher tat, und mit den Händen ging es uns auch nicht besser. Vor lauter Deppigkeit griffen wir alle zwei daneben und kannten uns überhaupt nicht mehr aus. Ich habe dabei unglücklicherweise einen dicken Fahrer über die verzierte Schokoladentorte gemacht, und meine Schwester ist mit dem Finger drinnen stecken geblieben, das war so fürchterlich, daß wir im Moment einfach wie bockstarr in die Tiefe des Korbes glotzten. Schier das Hirn drehte uns dieser Schreck um.

»Na, also Kinder, was habt ihr denn Schönes?« hörten wir die Strauchin, und das machte uns sozusagen wieder lebendig. Ich fand endlich meinen Gockel, und Annerl hob zitternd ihre verhunzte Torte aus dem Korb. »Ah, ah! Schön, schön«, sagte die Strauchin lustig, mit aller Festigkeit stellten wir uns stramm und fingen zu gleicher Zeit stockend und stotternd zu plappern an:

»Sov-vii-iel Stern am Hi-immel stehen,
so-oviel Jahre sollst du noch le-eben,

wir wü-wünschen dr - - wir wünschen I-ihnen zum Geburtstag Glück und Segen ...«

Ganz gleich brachten wir es heraus und schnappten nach Luft. Gerade wollten wir der ruhig dastehenden Patin unsere Geschenke hintragen, da aber ging auf einmal hinten die Türe auf und – Kreuz und drei Teufel – wir erschraken derart, daß dem Annerl plötzlich die schöne Torte aus der Hand fiel. Patsch! – lag sie auf dem glattgewischten Parkettboden, der Teller war zersprungen, und da pappte nun die ganze Schönheit wie ein auseinandergespritzter Fladen Kuhdreck. Einen jähen Augenblick starrte die Strauchin, der Strauch und wir. Meine Schwester schwankte wie hinfällig und verlor alle Kraft über sich, ich fuhr mit meiner linken Hand über meinen Teller und drückte meinen Gockel fester drauf, die Strauchin konnte nur noch »Tj-ja, um Gotteswillen!« sagen, da aber war es ganz und gar mit dem Annerl geschehen. Sie fing auf einmal schrill zu weinen an und näßte vor lauter Verdatterung in den Rock, daß es ihr an den Füßen herunter- und auf dem Zimmerboden herumrann. Jetzt plärrte sie schon wie am Messer. Die Strauchin nahm mir schnell meinen Gockel ab, ging zu meiner Schwester hin und tröstete sie allereinnehmendst, der Strauch hatte sich auch wieder gefaßt und mußte lachen, streichelte gemütlich meinen runden Kopf, und wie jetzt die Patin zu meiner armen Schwester gesagt hat: »No-no, Annerl, das ist nicht so arg! Sei nur ruhig, Annerl ... Du kriegst auch was Schönes! Sei nur ruhig!« da ist mir auf einmal wieder der Mut gekommen, und ich hab ganz unvermittelt laut zu schreien angefangen: »Soviel Stern am Himmel stehen, soviel Jahre – –« Als ich bei diesem Wort war, fing auch das Annerl an, mitzuschreien: »Jahre sollst du noch leben. Wir wünschen Ihnen zum Geburtstag Glück und Segen!« Und dieses, muß ich sagen, war unsere beste Rettung. Patin und Pate mußten lachen und wie gewöhnlich haben wir je drei Mark bekommen und Annerl hat noch extra zwei Schachteln voll Schokoladenplätzchen geschenkt gekriegt. Wie das Dienstmädchen zum Aufputzen gekommen ist, war meine kleine Schwester schon wieder ruhig. Ob sie sich nicht abwischen lassen möchte, hat die Strauchin gemeint, aber wir sind gleich auf die Tür zugegangen und auf und davon.

Auf dem Weg heimzu hat das Annerl noch einmal kurz zu weinen angefangen, aber schließlich habe ich ihr in derart prächtigen Farben ausgemalt, was wir für die drei Mark bei der nächsten Dult alles kaufen können, daß sie endlich wieder ganz lustig geworden ist. Und da habe ich ihr alsdann recht hintervotzig eine Schachtel Schokoladenplätzchen abgebettelt. Freilich, kurz bevor wir daheim angekommen sind, fing sie wieder zu benzen an, sie möchte sie wieder haben, ich sei überhaupt ein ganz falscher Kerl, aber da bin ich auch ärgerlich geworden und habe zu ihr gesagt, sie solle nur ganz stad sein, sonst sag ich es überall, daß sie bei ihrer Patin in den Rock genäßt hat ...

Und das hat gewirkt.

Ereignisse

Die Zeit verfloß. Winter überschüttete die Dächer der Dorfhäuser mit Schnee. Weihnachten kam näher. Ungeheuer viel Arbeit gab es. Den ganzen Tag mußte ich neben Max Mürbteig ausrollen und die Teigflächen ausstechen, auf die geschmierten Bleche richten und herausbacken. Ganze Körbe voll Zimtsterne, Nußstangen und Marzipanstücke standen abends da. Um 10 Uhr konnte ich zu Bett gehen; um 12 Uhr weckte mich der Geselle zur Nachtarbeit. Wie im Traum, mit dumpfem Kopf fuhr ich mit den nackten Armen in den Teig und walkte ihn. Wenn ich einschlief, gab es Stöße oder Prügel. So ging es jede Nacht. Um 6 Uhr früh stampfte ich mit dem gefüllten Brotkorb durch die schneeige Dunkelheit und brachte das Brot in die entfernten Dörfer. Gegen Mittag kam ich heim, vollkommen durchnässt. Ich aß, zog mich um und mußte wieder mit Max Christbaumgebäck herstellen. So haspelten sich die Wochen ab. Einmal in der Nacht sank ich einschlafend in den Teig. Der Geselle fiel über mich her, schlug mich mit seinen knochigen Fäusten. Ich riß die Arme aus dem Teig und rannte heulend zu Max hinauf, um mich zu beklagen. Vom

Schlaf aufgeschreckt, stürzte dieser aus dem Bett und schlug blindlings auf mich ein, daß ich entsetzt wieder hinunterrannte und weinend weiterarbeitete.

»Gell, der zeigt dir die Sache!« höhnte der Geselle und puffte bei der geringsten Gelegenheit weiter auf mich ein, daß ich wie ein Tier blind und verbissen weiterwalkte. So kann es dir nirgends gehen, dachte ich jede Nacht und sann auf einen Ausweg.

Am Weihnachtstag selber ruhte die Arbeit. Der Geselle fuhr in die Stadt. Punsch gab es in der Stube, und jeder bekam ein kleines Geschenk. Und schlafen konnte man die ganze Nacht.

Der Neujahrsbrief

Unsere Aufkirchner Schule hat zwei Klassenzimmer gehabt und infolgedessen auch zwei Lehrer. Im kleineren Zimmer waren die erste, zweite und dritte Klasse untergebracht, und ein neugebackener Hilfslehrer hat dort die Abc-Schützen unterrichtet. Deswegen hat diese Abteilung die »kleine Schule« und der Hilfslehrer der »kleine Lehrer« geheißen.

Die »große Schule« mit der vierten, fünften, sechsten und siebenten Klasse hat unser Hauptlehrer Karl Männer geleitet, der »große Lehrer«. Beim Unterricht sind immer zwei Klassen zusammengenommen worden. Die vierte und fünfte lernten stets das gleiche, die sechste und siebente ebenso. Demnach hätte also ein Viertklassler ohne weiteres in die sechste aufrücken können, aber wahrscheinlich hat man sich gesagt: Doppelt gelernt hält besser.

Wie ich schon berichtet habe, ist der Lehrer Männer später an einem Magenkrebs gestorben, und die Leute haben bei seinem Begräbnis gesagt, so mannhaft und geduldig, wie der sein schweres Leiden bis zuletzt durchgestanden hat, das macht ihm so schnell keiner nach. Überall hat es geheißen, es ist schad um ihn, und auch uns ist halbwegs danach gewesen, aber wir haben an dem Tag schulfrei gehabt, und jeder hat nach der Leichenfeier in der Klostermaier-Wirtschaft »Zur Post« zwei warme Würste bekommen. Das war sehr schön.

Wir von der »großen Schule« schauten selbstredend mit Verachtung auf die Abc-Schützen herab, aber in den Weihnachtsferien haben die es doch viel besser gehabt als wir. Wir nämlich mußten ausgerechnet am Silvestertag in die Schule gehen und sie nicht.

An diesem Tag ist der Lehrer Männer jedes Mal mit einem großen Paket zur Tür hereingekommen, zum Katheder gegangen, hat gewartet, bis wir ruhiger geworden sind und alsdann feierlich gesagt: »Ihr wißt alle, daß heute um Mitternacht ein altes Jahr aufhört und ein neues beginnt. Unmerklich geschieht das ...« Er schneuzte sich, legte sein blaugeblümeltes Schnupftuch langsam zusammen und fuhr dann fort: »Zur heiligen Beichte macht der Sünder vorher eine Gewissenserforschung. Er denkt genau über alle begangenen Sünden nach, um sie reumütig dem Allmächtigen gestehen zu können. So ungefähr sollt auch ihr es mit dem Neujahrsbrief machen. Jeder soll über das Schöne und Gute, was er von seinen Eltern empfangen hat, nachdenken und dafür danken. Er soll versprechen, es im neuen Jahr besser zu machen und fleißiger zu sein, damit ihn Eltern und Lehrer mit der gleichen Liebe erziehen.«

Wiederum hat er bei diesen wunderschönen Worten eingehalten, hat rasselnd geschnupft und alsdann einen durchdringenden Blick auf uns geworfen.

»Ich will euch aber gleich sagen, daß es mit leeren Versprechungen nicht getan ist!« hat er auf das hin schärfer gesagt: »Die meisten Menschen sind denkfaul, und darum lügen sie so viel. Das sehen wir schon an unserem ›Vaterunser‹. Da heißt es zum Beispiel an einer Stelle: ›Vergib uns unsere Schuld, wie auch wir vergeben unseren Schuldigern.‹ Das heißt, daß man in diesem Augenblick wirklich allen seinen Feinden vergeben muß, wohlverstanden! Ich habe aber noch nie erlebt, daß zwei Leute, die einander feind sind, nach dem ›Vaterunser‹ einander die Hand gegeben haben und wieder gut waren. Wenn man so betet und so verspricht, dann tut mans besser gar nicht, denn dann ists eine Lüge.«

Nach dieser strengen Warnung hat der Lehrer die prachtvollen Neujahrsbriefbogen, die er in seinem Paket gehabt hat, hergezeigt. Mit dicken Rosengirlanden waren sie an den Ecken und Rändern bedruckt, und kleine, farbige Engel, bloß mit einem Kopf und zwei Flügeln, zierten sie. Der Bogen hat zwanzig Pfennig gekostet und das seidene Bändchen für die Schleife noch einmal fünf. Gerollt nämlich und nicht in einem Kuvert mussten wir die Briefe unseren Eltern bringen.

»Also, ich habe da Briefpapier, wer will eins?« hat der Lehrer gefragt und noch einmal warnend den Zeigefinger gestreckt: »Und merkt es euch, was ihr versprecht!« Wir hingegen waren schon eine Gier, und jeder hätte am liebsten die ganzen Briefbogen für sich allein gekauft. Alsdann haben wir den Neujahrsbrief auf die Schiefertafel schreiben müssen, und hernach – wenn sie der Lehrer korrigiert gehabt hat – haben wir die Fassung fein säuberlich mit Tinte auf den eben gekauften, schönen Briefbogen gemalt. –

Jetzt muß ich aber etwas dazwischen erzählen, was auch dazugehört. Ich nämlich habe – schon weil sie immer so ernst und eindringlich gewesen sind – die Belehrungen vom Lehrer oft recht ernst genommen, und das hat mich meistens sehr uneins mit mir selber gemacht. Zum Beispiel schon der »Vaterunser«-Satz vom Vergeben aller Schuld und so weiter. Der Müller-Steffl, der Reindl-Michl, der Ambros-Beni und überhaupt die ganzen Unterberger, die wo immer unsere Todfeinde gewesen sind, zu denen wenn ich nach dem Beten hingegangen wäre und hätte gesagt: »Ich bin euch wieder gut, weil ichs dem lieben Gott grad versprochen habe«, die hätten mich ja schön ausgelacht und verspottet und womöglich noch gehaut auch, weil so was ja ausgeschaut hätte wie eine ganz leimsiederische Feigheit.

Weil ich aber nichts habe sagen wollen, was vor Gott, dem Pfarrer und Lehrer eine ganz sündhafte Lüge gewesen wäre, darum habe ich den betreffenden Satz im »Vaterunser« einfach immer ausgelassen. So bin ich über diese Kalamität weggekommen. Und mit dem Neujahrsbrief war es bei mir genauso. Zwar hätte ich da drinnen ruhig alles Mögliche versprechen können, denn Vater und Mutter haben den Brief nie gelesen, nur immer bloß überflogen. Die Hauptsache ist ihnen die schöne Handschrift gewesen, nicht der Inhalt. Und überdies hat man den

Neujahrsbrief alsbald als Einwickelpapier in unserem Laden benützt oder verbrannt. Trotzdem aber ist mir die Ermahnung vom Lehrer arg im Kopf herumgegangen, und deswegen habe ich meinen Brief immer auf »vielleicht« gestimmt. »Im neuen Jahr vielleicht werde ich ein ganz anderer Mensch, liebste Eltern, das verspreche ich Euch vielleicht von ganzem Herzen«, habe ich jedes Mal geschrieben und außerdem immer mit dem schwungvollen Satz angefangen: »Wieder fällt ein überreifes Jahr vom Baume der Ewigkeit und ist nicht mehr.« Dieses habe ich einmal irgendwo gelesen und mir gemerkt, und weil es dem Lehrer so gefallen hat, habe ich an jedem Silvestertag meinen Brief so angefangen. Der Lehrer war immer sehr zufrieden damit. –

Das Neujahrsbriefschreiben ist selbstredend für die meisten von uns eine fürchterliche Kopfarbeit gewesen. Keinem ist was Passendes und Gescheites eingefallen, aber die zwei Seiten haben doch voll sein müssen. Mädchen und Buben sind bei uns in den Klassen beisammengewesen, rechts die Mädchen, links die Buben. Die Mädchen haben mitunter ein Gedicht aus ihrem Poesiealbum in den Brief hineingeflochten. Das hat sehr ausgegeben, wenn es auch nicht immer ganz gepaßt hat, wie zum Beispiel der Spruch, den wo unser Vater allen meinen Schwestern immer in ihr Album geschrieben hat:

»Zwei Nägel, sie genügen
dem Sarge zum Verschluß.
Der eine heißt Vergnügen,
der andere heißt Verdruß.«

Oder das von der Wintersheimer-Mimi:

»Laß die Blumen stehn
und auch den Strauch.
Andre die vorübergehn,
freun sich auch.«

Hinwiederum solche Alben haben bei uns bloß etliche Mädchen gehabt, die gescheiteren und besseren. Bei den Bauern und Kleinhäuslern hat man solche Faxen nicht gekannt. Die Allerdümmste davon, die Hartmann-Elis von Mörlbach, die hat der Lehrer einmal nach der Hauptstadt von Deutschland gefragt. Sie hat eine Zeitlang hinum und herum gedrückt, und endlich sagt sie: »Vogesen.« Für die ist der Neujahrsbrief das reinste Martyrium gewesen, weil sie überhaupt bloß bei der Religion halbwegs mitgekommen ist.

»Lippsde Äldern«, hat die einmal geschrieben, »ich winsche enk fülgligg im nein jar und wühl nigd mehr pfolgen und petteln, tas ir lang leppt ...« Dann hat sie die Zehn Gebote hingeschrieben, aber schon so falsch, daß sogar der Männer bloß den Kopf geschüttelt und leicht gelacht hat. Der Kanzler-Sepp von Farchach, der mit seinem viereckigen Kopf, welcher immer bei uns hineingeschaut und auch alsdann noch falsch abgeschrieben hat, den haben wir einmal aus Jux schreiben lassen: »Liebste Eltern! Stehlen und Unkeuschheit treiben tue ich im neuen Jahr ganz gewiß nicht mehr, und das Lügen gewöhn ich mir auch ab, weil es doch aufkommt.«

Am meisten für den Text des Neujahrsbriefes hat

unser »Beichtspiegel« hergeben müssen, welcher ein Blatt gewesen ist, wo unser Pfarrer die genauen Gebetsregeln und das Sündenregister hektographiert hat, damit, daß wir alles auswendig lernen. Bei den Sünden hat es immer geheißen »Ich habe ... gestohlen«, oder »Ich habe ... gelogen« oder »Ich habe Unkeuschheit ... getrieben« und da, wo die Punkte gewesen sind, haben wir bloß die Zahl sagen müssen.

Das hat der Pfisterer-Hans von Farchach ausgenützt, indem daß er, wie es im Beichtspiegel geheißen hat, angefangen hat: »Liebste Eltern! Ich armer, sündiger Mensch klage mich an vor Gott dem Allmächtigen und Ihnen Priester an Gottes Statt, daß ich im letzten Jahr folgende Sünden begangen habe.« Alsdann hat er das ganze Sündenregister hingeschrieben. Da hat ihm der Lehrer zwei Tatzen gegeben, seinen Briefbogen zerrissen und gesagt, wenn er so faul ist und nichts anderes weiß, soll er es ganz bleiben lassen. Dem Hans hat das nicht weiter geniert. Daheim bei ihm aber haben sie – wie er uns nach Neujahr erzählt hat – recht ungut gesagt, warum ihm der Lehrer denn die fünfundzwanzig Pfennig nicht zurückgegeben hat, und überhaupt, das unsinnige Neujahrsbriefschreiben sollt er bleiben lassen, die Kinder braucht man daheim beim Dreschen. Der Hans aber hat sich das nicht zum Lehrer sagen trauen. –

Die Heinzeller-Maria von unserm Berger Schloßwart, dem wo seine Frau vor gutding zwei Jahre gestorben ist, die Marie hat von ihrer Mutter selig ein kleines Bücherl, einen »Briefsteller für Liebende«

mitgebracht, und aus dem hat sie den folgenden Neujahrsbrief abgeschrieben:

»Herzallerliebster!

Oft denke ich daran, wie wundervoll dieses Jahr in Deinen Armen war. Jetzt ist es verschwunden, aber meine Liebe zu Dir nicht. Ach, ich kann Deinen weichen Mund nicht vergessen und sehne mich Tag und Nacht danach. Tust Du es auch? Oh, die Zeit flieht und vergeht wie im Fluge! Wir sind uns so vertraut. Ich wünsche Dir, mein Herzblatt, daß Du gesund bleibst und viel Glück in allem hast. Ich wünsche aber auch mir, daß ich noch viele sonnenhelle Tage und ein wolkenloses Glück mit Dir erlebe. Das weißt Du gewiß auch. Jede Nacht träume ich von Deinen Armen, jeden Tag schmachte ich nach Deinen Küssen und vergehe schier, wenn ich Dich einmal nicht gesehen und geküßt habe. Wie wird dieses neue Jahr sein, Liebster? Wird es unsere endliche Vereinigung bringen? Wird unser Glück ganz und dauerhaft werden? Oh, mein Süßer! Oh, mein Herzliebster, Dein bin ich auf ewig! Nimm mich in Deine starken Arme und küsse mich im neuen Jahr noch viel öfter und inniger als im vergangenen. Das andere weißt Du schon.

Mit inniger Liebe Dein trautes
Vergißmeinnicht – Marie.«

Das hat ihr ein furchtbares Strafgericht eingebracht. Lehrer und Pfarrer haben sie vernommen und den »Briefsteller für Liebende« behalten. Der neue Pfarrer Friedinger ist zum Heinzeller gekommen und hat gesagt, wie er bloß so schmutzige, unkeusche Bücher haben kann. Der Heinzeller ist ganz baff geworden und hat durchaus nicht gewußt, wie so was in sein Haus gekommen ist. »Dös oanzige, wos i hie und do les, Hochwürden, is der *Land- und Seebote*«, hat er gesagt. Hinwiederum aber hat ihm die Sache doch arg zu denken gegeben, und er hat sich erinnert, daß seine Frau selig oft und oft so komische Bücherl gelesen hat, er hat dieselben gar nie angeschaut und auch keine Zeit dazu gehabt. Sie ist eine recht strammgewachsene, saubere Person gewesen, die verstorbene Heinzellerin, und viel jünger wie er, aber an der Lung hat es ihr gefehlt, deswegen ist es so schnell dahingegangen mit ihr. Ihrem Gesicht nach, hat man gemeint, sie ist das Leben selber. Und jeden Tag ist sie sauber beieinander gewesen, immer hat sie ein blitzweißes Zierschürzerl angehabt und ihre roten Haare schön gemacht. Ganz städtisch ist sie dahergekommen mit ihren hohen Stöckerlschuhen, und mit jedem Mannsbild war sie die Freundlichkeit selber. Keinen Tanz hat sie beim Veteranen- oder beim Sängerball ausgelassen, am liebsten ist ihr dabei der Stallmeister vom Poschinger gewesen, und mit dem Kapitän vom Dampfschiff *Luitpold* ist sie auch recht speziell gewesen. Die Leute haben allerhand drüber gemunkelt, aber sie ist dem Heinzeller eine gute Hausfrau und der Marie die beste Mutter gewesen: »I hob nia wos zklogn ghabt über sie«, hat der Heinzeller gesagt: »I wollt, sie lebert noch …« Leicht zu denken also, daß ihm die Geschichte mit der Marie arg zuwider war. Er hat sie recht geschimpft und sofort alle sonstigen Bücher, die wo noch im Haus gewesen sind, in den

Ofen geschmissen. Die Marie ist ganz verdrossen geworden, und in der Schule ist es ihr noch schlechter gegangen.

Der Männer hat zwar nicht mehr viel verlauten lassen und bloß einmal zu uns gesagt: »Jedes Buch ist nicht gleich«, aber der Friedinger hat sich in der Religionsstunde ganz finster vor uns hingestellt und der Heinzeller-Marie schier durch und durch geschaut und angefangen: »Nehmt euch in acht vor der Verführung! Da habt ihr es wieder gesehen – der Satan kommt nicht in leibhaftiger Gestalt, nicht mit einem bösen Gesicht zu uns! Oh, durchaus nicht! Er ist immer katzenfreundlich und lächelt und verstellt sich, daß es ja niemand merkt, was er will. Oft läßt er sich gar nicht sehen, der Höllische, sondern verstreut seine Lockmittel in Gestalt von Zeitungen und Büchern! Da, meint er, merkts dann so schnell keiner und tappt wie ein Blinder in die schrecklichste Sündhaftigkeit...«

Immer lauter ist er geworden, der eifrige neue Pfarrer, und hat ein krebsrotes Gesicht gekriegt: »Und daß ihrs ein für allemal wißt, und besonders du, Heinzeller-Maria, fragt immer zuerst euren Seelsorger, wenn euch so ein Schandbuch unterkommt, verstanden?« Die Marie ist dabei brandrot geworden und hat ganz zerknirscht geweint, und wir haben sie angeschaut, als wie wenn wir uns vor ihr ekeln. Gleich, wie der hochwürdige Herr Pfarrer draußen gewesen ist, haben wir zu ihr gesagt: »Ah, pfui Teifi, do muaßt du di dein Leben lang schaama.« Auf das hin hat sie noch mehr zu plärren angefangen und wir haben erst recht gestichelt, da kann sie gar nicht oft genug beichten, ehvor sie das losbringt. –

Am anderen Sonntag ist in Starnberg drenten der Jakobimarkt gewesen. Da hat sich jeder von uns insgeheim den »Briefsteller für Liebende« gekauft.

Altbayrische Christmette

Das löscht nie aus, und – seltsam! – es leuchtet immer wieder auf, wenn grad die Zeit dafür ist. Mir kommts sogar vor, als leuchte es immer klarer und stärker, je älter ich werde.

Da bin ich bei alten deutsch-amerikanischen Freunden – Schwaben, die sich Emmerle schreiben und schon hier geborene, verheiratete Töchter haben – zum Weihnachtsabend eingeladen gewesen. Bloß der einzige, der jüngste Sohn, der Walter, der an der New York University studiert, und wir drei waren da: sie und er und ich.

Der Christbaum stand da, und es brannten sogar echte deutsche Wachskerzen darauf, wenn das auch feuerpolizeilich in New York verboten ist. Der Tisch in der Mitte war blühweiß gedeckt, das beste Porzellan und das alte Silberbesteck blitzten daneben. Es roch nach Wachs und verbrannten Tannenzweigen, nach Selbstgebackenem, nach Braten und würziger Suppe, und wohlig warm war es, und durch die verhängten, angelaufenen, dunklen Fenster fiel das Licht, daß man die stummen, dicken Schneeflocken niederfallen sah. Das ewige Geräusch der Riesenstadt drang geruhiger, wie aus einer abdämpfenden

Vermummung kommend, zu uns in den sechsten Stock herauf.

Der Emmerle, schon dreißig Jahre Buchdrucker bei einer ›Printing Company‹ in der unteren Stadt, hatte seinen besten dunklen Anzug an, sein hageres Gesicht mit dem altmodischen Schnurrbart war aufgeweckt und heiter. Ungewohnt festtäglich sah er aus, und sein Sohn Walter nicht weniger. Endlich, nachdem der Tisch gedeckt war, legte die springlebendige kleine, kugelrunde Frau Emmerle ihre Schürze ab und setzte sich mit uns.

Es ging behäbig anheimelnd zu. Nach dem vielen Essen, dem Kaffee und dem schweren Stollen trank man etliche Gläser von dem süßen deutschen Benediktiner oder auch den vollen Weinbrand und redete von alten Zeiten. Dann ging der Emmerle aufgeräumt in die Küche und braute eigenhändig Punsch nach einem Rezept aus Väterzeiten. Der würzige Duft von Rotwein, Rum, Nelken und Zimt durchzog den warmen, festlichen Raum. In kurzen Abständen kam immer wieder Glockengeläut und der feierliche, vielstimmige Gesang »Stille Nacht, heilige Nacht« aus dem Radio, bei welchem Frau Emmerle stets von neuem bewegt mitsummte. Auf ihrem Gesicht stand ein rotes Flimmern und auf ihrer glatten Stirn die Schweißperlen, ihre kleinen, dunklen Augen glänzten wehmütig-glücklich, und dann schaute sie manchmal geschwind durch das Dreieck, das die Vorhänge vom Fenster freiließen, ins Flockenfallen hinaus und sagte gerührt: »Wenn der Straßenlärm nit wär, Mischter Graf, man meinet, ma ischt wieder Kind daheim …« Und sie bedauerte ihren Walter und alle jungen Menschen und vor allem die Kinder in dieser Stadt, die so etwas »Wunderschön-Feierliches« in ihrem Leben nie kennenlernen.

Und da kams, ja, da stand es auf einmal, das Mettengehen aus meiner Kinderzeit. In der tiefverschneiten, eiskalten Nacht sammelten wir Dorfkinder uns so um elf Uhr nachts und durften alle auf den breiten hölzernen, meist von vier Rössern gezogenen Schneepflug (»Schneeschloapf« sagen wir daheim) hocken, den der Schatzlknecht von unserm Dorf hinauf zum Pfarrort Aufkirchen fuhr, um den Weg zu bahnen. Wir Kinder waren das erwünschte Gewicht, je mehr von uns, um so tiefer drang der dreieckige Pflug in die mannshohen Schneemassen.

Vom Aufkirchner Berg herunter strahlten die hohen, schmalen, herrlich bemalten Fenster der Kirche, und je näher wir kamen, um so deutlicher schälte sich auch ihre Kontur heraus, und auf einmal waren Mauern und Dach und Turm da, so ruhig und so unzerstörbar mächtig wie seit ewiger Zeit. Doch im Pfarrdorf angelangt, sprangen wir von der Schloapf und rannten an die Häusergrenze, und nichts als »Ah! Ah, do schaugts obi! Do kemma dö Farchner ... Ah! ah! Und do – do hintn dö Bachhauser, ah, ah!« plapperten wir in einem fort. Da stapften sie daher, aus den talwärts liegenden Dörfern kommend, die Bauern und Weiber und Kinder, durchs Dunkel und den Schnee wateten sie langsam hintereinander mit ihren Windlaternen, und das schaute aus, als wanderten Sternketten daher.

Und wenn sich alsdann während des tief brummenden Glockengeläutes so nach und nach die strahlend erleuchtete, steil ins Gewölbe aufstrebende Kirche dicht und immer dichter mit den Christmettenbesuchern füllte, und wir mitten drin, und wenn der Pfarrer im schönsten, goldstrotzenden Ornat, gefolgt von den klingenden Ministranten, aus der Sakristei kam und über die teppichbelegten Stufen zum Altar hinaufging, wenn die Orgel jubelnd erklang und die Chorstimmen einfielen – das war (und ists heut noch im Erinnern), als habe der stets nur erahnte, unvorstellbar riesenhafte Allmächtige ein solches Prunkgehäuse aus Licht und Farben und Gold, aus Orgeltönen und Gesang mitten in die tiefverschneite, stockdunkle, vor Eiskälte klirrende Weltkugel herabgestellt, und jedem, der da fröstelnd und vom langsam auftauenden Schnee durchnäßt in den Betstühlen kniete oder auf dem rutschigen, nassen, gepflasterten Kirchenboden stand, jedem teilte sich dieses Wunder mit.

Ganz und gar aber ergriff jeden davon die Verzauberung erst, wenn am Schluß der Mette aus allen Kehlen – vom rauhesten Altmännerbaß bis zum rührend dünnen Kinderstimmlein – das gemeinsame Tedeum erbrauste, dieses sakral-gewaltige »Großer Gott, wir loben Dich …«, dessen schwere Stimmenflut auf den samtenen, langsam emporschwebenden Prachtteppich des Orgelspiels rann und von dem höher, immer höher getragen wurde, das gotische Kirchengewölbe auseinanderbrach, als sieghaft klingende Lichtsäule durch Schneefall und stumpfe Nachtschwärze unaufhaltsam höher stieg und auf einmal rund und groß den Himmel öffnete und ein Bild enthüllte, das nur Träume, Märchen und Kinder kennen.

Da gab es – wenn vielleicht auch nur einen erschauernden Augenblick lang – für keinen von diesen von einem unbeschreiblichen Licht umschlossenen Menschen mehr ein eigenes, enges Leben, nichts mehr von Frieren und Betstuhl, nichts mehr vom nachherigen Heimkommen in die gewohnte warme Stube zum Kraut und den Mettenwürsten, nichts mehr von Acker, Stall und Dorf, ja sogar keine Zeit und keine sicht- und greifbare Welt mehr. Gleichsam auf unerklärliche Weise körperlos geworden, floß das, was jeder meinte, zu sein, mit der herrlichen Wesenheit zusammen, und, eins geworden mit ihr, schwamm er wie auf einem Stern durchs dunkle All …

»So, jetzt, jetzt, Mischter Graf, jetzt stimmt er. Jetzt hat er dös Richtige«, sagte der Emmerle, und ich habe ihn endlich gesehen, wie er die umfängliche, bauchige Punschterrine in die Tischmitte stellte.

»Jetzter«, sagte er, allen einschenkend und sich behaglich mit dem Glas in den Stuhl zurücklehnend: »Jetzter ka meinetwege die ganze lumpige Welt drauße im Schnee dersticke …« Er trank und strahlte. Der Punsch war geraten. Sonderbar, wie der Dialekt alles Pathos zerstört. Er rückt alles wieder in die gewohnte, nüchterne Ordnung, und so was wird wohl gut sein. Mir ists gewesen wie damals in meiner Kindheit, wenn der Pfarrer die Monstranz ins Tabernakel stellt, damit sie geschützt ist und nicht einstaubt.

Neujahrskantate

Der Mond steht hoch. Kristallen blinken Sterne
herab auf das erstarrte, blinde Winterweiß,
und ausgelöscht ist alles Nahe, alles Ferne
in diesem toten, grenzenlosen Kreis ...

Ins blasse Blau gemeißelt sind die Wälder
und werfen übergroß und scharf gezackt
die langen Schatten auf die bleichen Felder,
als seien sie das einzig Schwarze dieser Nacht.

Wie schmerzhaft blendet diese stumme Helle!
Zu Eis gefroren scheint der Fluß der Zeit.
Kein Atem regt sich mehr, und keine Seele
lebt in der kahlen Sterbenstraurigkeit ...

Erst wenn um Mitternacht die Kirchenglocken
verklungen sind, und es wird still,
sind die Sekunden gänzlich ausgewogen,
weil frisch ein Jahr aus den Äonen fiel.

So zögernd schwer bricht nur die *eine* Nacht
als unbekannte Letzte aus dem Jahreskreis.
Der Uhu gurrt ihr noch den Sterbenstakt,

und Geisterhände tragen ihren kargen Preis
hinauf zu dem, der alles Leben bringt.
Auch bist nichts, o Mensch von nah und fern,
wenn dieser Augenblick im All verschwingt,
als eine Winzigkeit von einem Samenkorn,
den nur die Gnade neu verjüngt ...

TEXTNACHWEIS

Die Weihnachtsgans, Raskolnikow auf dem Lande
aus: *Erzählungen aus der Weimarer Republik*

Der Dezember, Der Januar, Winter, Der Februar
aus: *Der ewige Kalender*

Der Hund
aus: *Größtenteils schimpflich*

Ein Wintertag auf dem Land
aus: *Anton Sittinger. Ein satirischer Roman*

Die Zwillinge, Altbayrische Christmette
aus: *Erzählungen aus dem Exil, Bd. 2*

Die Eisscholle, Das verpfuschte Theaterspiel, Das Christbaumversl, Die Gratulation, Der Neujahrsbrief
aus: *Autobiographische Schriften*

Der Einbruch, Der Malzzucker
aus: *Kalendergeschichten I*

Ohne Bleibe
aus: *Kalendergeschichten II*

Alltag und Feste
aus: *Das Leben meiner Mutter*

Ereignisse
aus: *Wir sind Gefangene*

Neujahrskantate
aus: *Ausgewählte Gedichte*